わたしの旅ブックス
003

旅ゆけば味わい深し

林 望

産業編集センター

わが旅の作法

もうだいぶ昔のことになるが、私は、日本自動車連盟（ＪＡＦ）の機関誌ジャフメイトという雑誌に、何年間か旅の連載を持っていたことがある。それで、毎月毎月、日本各地に旅をして歩いたために、全国どの都道府県にも探訪の足跡を印したことは、人生の幸運であったかもしれぬ。この経験によって、私は、日本という国は、津々浦々どこへ行っても、必ず美しい景色が息づいているということに痛切に気付かされたからである。

だいたい雑誌というものは、最初に編集部において何か企画を立て、甲県の乙町へ行って、名物の何々を食べてくるとか、名勝やら絶景やらのどこそこを眺めてくるとか、そんなことで、編集者が適宜行く先を決め、万端手配をし、ただ作家は、その差配に従って、決められたところへ行って決められた景色を眺め、しかじかの名旅館に一宿し、所定の名菜を食べなどする、というのが普通である。旅人が芸能人というような場合は、なおのこと、旅仕事における「お仕着せ」的ありようは著しいことであろう。

つまり、いわば予定調和的にすべて決まり切った「旅」をして、あとは適当にその趣旨に添って文章を書くというのが世間一般の常識となっているのだが、いやいや、いかにもそれはつまらない、と私は思った。そこで私は、「行く先だけを、なんの根拠もなく決めて、あとは出たとこ勝負で逍遥する、という旅のシリーズにしましょう。そのほうがきっと面白いから」と破天荒なる提案をして、編集部を呆れさせた。むろんのこと、そんなことで万一行った先に何もなかったら、どうするのだ、埋め合わせがつかぬと、必死に反対する編集者を説き伏せて、ついにそのような「風来坊」式の旅の連載をすることになったのである。

しかし、編集者は、さぞ気が気でなかったことであろう。最初は、私の指定する行く先に、こっそりとロケハンなどに出かけたりもしたようだが、しょせんそれは無駄な努力だと悟ったらしい。やがて、連載が始まると、今は亡き鬼才写真家の小泉佳春君と編集者と連れ立って、なにはともあれ、甲県の乙町へ行ってみる。行ってみたところで、一見するとなんの変哲もない田舎町で、どこをどう探訪して、どんな写真を撮ったらいいのかも見当がつかぬ、そんな感じであったろうと思う。が、私にはかねて思うところがあった。それは、美しい景色、物を言う風景は、人に知られていないところに隠れている、ということである。そのことを私はイギリスの田園を逍遥しながら、骨髄に徹して思い知ったのである。

いわゆる観光地とか、名所旧跡とかいうようなところには、もう千万の人の目の垢がついている。それゆえ私は、どこであれ、観光地や名所には決して行かない。それで、名所でも旧跡でもないところの、なんの変哲もない田園や山道、あるいは海浜の旧道などを、淡々と辿りつつ、なにか物を言いたげな景色を、自らの目と心とで「発見」していくのである。万事このやり方で、旅に出てすぐには、どこへ行こうかとも思いつかぬが、ひたすら地図を頼りに、彷徨（ほうこう）しているうちに、ハッとするような美しい景色や、まるで古代さながらの風景や、懐かしい田園やに逢着（ほうちゃく）する。

ふつうの人にとっては、「そこらのなんでもない風景」なのかもしれないが、私にとっては、いかにも心惹かれる日本の原風景、そんなものが、実際どこの町や村に行っても存在していたものだ。田園でなくとも、例えば昔ながらの商店街でもいいし、鄙びた大衆食堂でもいい、煉瓦積みの古塀だけだって、眺める甲斐があると、私は思うのだ。

食べ物もこれに同じ。私は地元の人に案内を乞わない。未知の美景を自ら発見するのと同じ消息で、未知の美味は自らの足と舌で「闇雲式」に発見するに如くはないのだ。

この頃は旅の仕事は沙汰やみになってしまったが、ただ地方からしばしば講演を頼まれる。そういうとき、私は決して地元の人の接待をお受けしない。地元の名料亭だとか、名物だとか、そういうものには興味がないのだ。ただ私が面白いと思うのは、無名の、路傍の、大衆食堂やら、屋台めいた出店やらで、一か八かの賭けのようにして、当たり前のものを食べる。そうすると、外れが九割、当たりは良くて一割くらいの打率だろうか。でも、そんなことにワクワクしつつ、ひたすら風来坊のようにめぐり歩くのが、私の旅のなによりの楽しみなのである。

そんなわけで、いつも無名の道を行き、行き当たりばったりの店で食べ、たまさか「これはうまいぞ」というものに遭遇すれば、それは人生の幸福のように感じる。

かの『源氏物語』の「雨夜の品定め」でも、まさかこんなボロ屋敷に美しい姫がいるはずはない、というようなところで、思いがけぬ美姫を発見するのが、もっとも好ましい色好みの道だと言うてある。

旅もまたこれに同じ。人の知らないところを見、なんでもない店で当たり前のものを食べて、いまだ知らずにいた無名の美味に見参する、そんなところに旅の醍醐味はある。

いつもたいてい独りで、東西南北、うろうろと彷徨(さまよ)い歩きながら、どこかで「私だけの美景」を目にしたい、「私だけの美味」に行き会いたい、そういうへそ曲がりの旅人として、私は日本国中歩き回る（というか、実際には自動車で走り回るのだが）。そうしてその都度、面白いと思ったことを、私のホームページのブログ『写真日記』に書き続けてきたのである。それをば、今度こうして一冊の本にすることにしたが、そんなわけだから、旅の案内書としては役に立たず、グルメ本としても意味がないことは、著者の私が充分に保証するであろう。

しかし、それだからこそ、一種新しい旅のヒントにはなるかと思うのである。そういう旅のあれこれを、ここにちょっとだけ書き記したというわけである。

著者

二〇一八年春の日　菊籬高志堂の北窓下に

旅ゆけば味わい深し　目次

第一章　旅先で出会った美味

第二章　東京で出会った美味

第三章 飽くなき美味追求の〝旅〟

第四章　遠方より美味来たる

カバーイラスト／林望

第一章

旅先で出会った美味

珍味に遭遇──熊本

熊本に講演に出かけた。『能を面白く見る方法』という演題で、御当地の新作能『清正』への興味を盛り上げるための前座的講演であったけれど、おかげさまで二百人ほどの人々が集まってくださった。反応の良い気持ちの良い講演会となった。終わってから、ケンブリッジにおける旧知の英文学者Y先生（熊本在住）と四半世紀ぶりの再会を果たし、市内の繁華街にある金寿司という店で御馳走になった。東京仕込みのなかなか上乗の寿司だったけれど、そのとき、店主が「これはちょっと珍しいものですが」と言って出してくれたのが、この写真のアヤシイ品物であった。これが、コリコリして、ねっとりして、礒の香りがして、しかしいままで明らかに食べたことのないものだった。降参して教えてもらったところ、これは**イソギンチャク**だとのこと。イソギンチャクも種類によってこのようにおいしく食べられるのだと、初めて知った。いくつになっても、新しい知見というものはあり得るものである。

金寿司（きんずし）

住所｜熊本県熊本市中央区新市街6-6いけおビルB1F
☎｜096-351-2053
アクセス｜熊本市電「辛島町駅」から徒歩約4分

ソルトアイス——熊本

じつは何を隠そう、私は大のアイスクリーム好きである。昔はもっとたくさん食べたが、メタボ的生活のために体を壊して以来、本来、高脂肪高カロリー高糖分のアイスクリームは食べ過ぎると毒だから、ごく控えめにしているところである。とはいえ、どうしても本来好きなものはしかたがない。先だって、熊本に出かけたとき、その城下、古町において、ソルト・ファームという店の前に「塩アイスあります」という看板が出ていた。むむっ、**塩アイス**! これは素通りできぬ、とついつい立ち寄って一食したところ、これがばかにうまい。即座に東京まで送ってくれるように注文したのだった。沖縄の和三盆と天草の天日古代塩の配合というものだが、なんとしても不思議なほど奥行きのある美味である。十二個注文したのは、瞬く間に食べて、つい昨日、最後の一個を食べ終わってしまった。ああ、また食べたいなあ。

ソルト・ファーム塩工房（しおこうぼう）

住所｜熊本県熊本市中央区中唐人町29コアマンション1F
☎｜096-933-1834
アクセス｜熊本市電「呉服町駅」から徒歩3分

醤油アイス――**岡山・備前**

わが日本の食文化は、発酵調味料の豊潤に、そのもっとも嘉すべき特質がある。そもそも菜食を中心として組み立てられた食体系のもとでは、野菜は肉のような直接の旨み成分が希薄なので、どうしても旨みのある調味料を補って食味を豊かにする必要がある。そこで、かつお節に代表される魚肉旨みの出汁、それからしょっつるのような魚醤の発酵調味料、そして、なんといっても味噌・醤油といった植物性の発酵調味料がなくては、日本の食は夜も日も明けないのである。

そうして醤油はそのなかでもオールマイティのスーパー調味料だが、これをアイスクリームに和して仕立てるというのは、近来の快挙ともいうべき発明である。この**醤油アイス**（鷹取醤油株式会社販売）はまた、熊本ソルト・ファームのソルトアイスと双璧のうまさといってもよろしいもので、こちらのほうがやや濃厚、それだけに、若干の好き嫌いが分かれるところかもしれない。以前、私が愛好していたアイスの一つに、両国のさる喫茶甘味

食堂で出していたオリジナルの「煎餅アイス」ってのがあったが、これは塩煎餅を砕いたものを交えたアイスクリームで、これまたなかなかの好風味であった。いまはその店が閉店してしまったせいで、食べられなくなったのはまことに遺憾であるが、この醤油アイスやソルトアイスは、その逸失を補って余りあるものといわねばならぬなあ。

燕来庵(えんらいあん)（**鷹取醤油**）

住所｜岡山県備前市香登本887
☎｜0869-66-9033
アクセス｜JR赤穂線「香登駅」から徒歩10分

萩、あじろ ── 山口・萩

萩市民会館で、『薩摩スチューデントと長州ファイブ』（薩摩スチューデントは一八六五年に、薩摩藩がイギリスに送り込んだ十五人の秘密留学生。長州ファイブは、その前々年に密航した長州の五人の留学生）という話をしてきた。あいにくと、というべきか、例によってというべきか、迷走台風の十三号が、よりにもよって、西日本直撃かという危うい日時に遭遇し、当初飛行機で行く予定を急遽変更して新幹線で行った。まったく、雨男どころか、嵐男の異名をとる私のこととて、しかたないと言えばしかたないけれど、難儀なことであった。主催者もさぞ肝を揉んだことであろう。しかし、市のほうでは、野村興児市長（当時）も来聴されて、大変な熱の入れようで、おかげさまで盛況のうちに講演会は終了した。この写真は、講演の前に野村市長の招きで同市南片河町にある懐石料理店「**あじろ**」で御馳走になったときの撮影。左が野村市長、真ん中の白衣姿がこの店のご主人田中利隆さん。お料理は、お世辞抜きで、まことに結構至極、新鮮な魚介を中心として、すべての品が、どんぴしゃりと

味の決まった名品であったのには、心から敬服。おおいに舌鼓を打ったのだが、あまりにも舌鼓ばかり打ち過ぎて、ついにその肝心のお料理の写真を撮るのも忘れて、ガツガツと食べ尽くしてしまい、後になって「しまった！」と思ったが、後の祭りであった。呵呵。萩市に行ったらぜひ立ち寄りたい店である。

あじろ

住所｜山口県萩市南片河町67
☎｜0838-22-0010
アクセス｜JR「東萩駅」から車で約5分

源氏物語朗読会――神奈川・横浜

　横浜朝日カルチャーセンターの主催で、私の源氏物語朗読会（会場、新横浜スペース・オルタ）があった。当初、来聴者があまり集まらないというので、心配していたのだが、直前に新聞が大きく告知してくれたこともあり、結果的には、ほぼ満席の盛況となった。これは、私が現代語で書き直した源氏物語（雨夜の品定め、夕顔の死、柏木と女三宮）を、永田砂知子さんの波紋音（はもん）を中心とするパーカッションとのコラボレーションの形で読むという試みであったが、非常に面白い空気が出て楽しかった。場内も水を打ったように静かに聴いては、ときどき、笑い声や、どよめきや、いろいろな反応があってよかった。終わってから、横浜駅西口付近の野田岩横浜店で打ち上げ。**野田岩の鰻**は初めて食べたが、たしかに天然鰻であろうなぁ、これは、という食感と風味に、舌鼓を打った。その姿だけちょっと写真でおすそ分け。

横浜野田岩

住所｜神奈川県横浜市西区北幸2-13-9
☎｜045-320-3224
アクセス｜JR「横浜駅」から徒歩8分

幽霊の干物？——福岡・北九州

私もそうとうにいろいろなものを、全国各地で食べているが、それでも、ときどき「未知との遭遇」がある。小倉で『自分らしく生きる』というテーマで講演をしてきた。小倉に行くとき、私が楽しみにしているのは、旦過市場（たんがいちば）を見て回ることだ。ここには、あらゆる食べ物を、びっくりするような安価で売っている。しかも、驚くほど新鮮で質が良い。また、寿司だの、一銭洋食だの、薩摩揚げだの、炊き込みご飯だの、サバや鰯の糠炊き（ぬかだき）だの、見るからにおいしそうなものがあって、それを買って、場内の無料休憩所でパクつくのも、旅の楽しみの一つである。この写真の「幽霊の干物」のようなものは、「**タラの胃袋**」の干物で、こいつを四日かけて水で戻して甘辛く煮付けて食べるのだ、と魚屋さんのオバチャンに教わった。東京ではいっこうに見かけないもので、私も生まれて初めて見た。どんな味のものか、これも未知のところ。されば、試しに買ってみたので、これから四日かけて戻して、料理を試みてみようと思っているところである。

旦過市場（たんがいちば）

住所｜福岡県北九州市小倉北区魚町4-1
☎｜093-521-4140（旦過市場事務局）
アクセス｜北九州モノレール「旦過駅」から徒歩5分

薩摩の美味――鹿児島

鹿児島に講演に行ってきた。鹿児島市営の維新ふるさと館での常設展示がリニューアルになり、拙著『薩摩スチューデント、西へ』を原作として製作した短編映像が常設で映写されることになった。それで、私はその製作に全面的に協力したということもあって、リニューアルオープン記念の講演会に出向いたというわけである。薩摩では、篤姫（あつひめ）に続いて、薩摩スチューデント渡航百五十年を記念して、これをＮＨＫの大河ドラマにという機運が高まっていた。ほんとうにそうなるといいなあと、私も願っているところである。そんなこともあって、鹿児島の誇る城山観光ホテルに一宿して、そこなる料亭楽水で鹿児島市からの接待があった。御馳走になったのは薩摩の郷土料理のあれこれで、これがまたじつにおいしかった。写真は、**黒豚のスペアリブの甘露煮**と、**薩摩名物鶏飯（けいはん）**である。前者はこってりと濃厚、後者はさっぱりと風流な味で、大変に結構なお料理であった。薩摩はなにかとおいしいものが多いので、訪ねるのが楽しみである。

割烹 楽水（かっぽう らくすい）

住所｜鹿児島県鹿児島市新照院町41-1 城山観光ホテル
☎｜099-224-2221
アクセス｜JR「鹿児島中央駅」から車で約10分

加治木饅頭 ─ 鹿児島・加治木

私はなにをかくそう、大の饅頭好きである。そのため、各地に出向くにしたがって、必ずその土地のローカルな饅頭を味わうことにしているのだが、さるなかに、日本随一と言ってもいいくらい、饅頭界の白眉と称すべきものが、この鹿児島県加治木町の**加治木饅頭**である。この町は、もともと鉄砲鍛冶で知られたところで、戊辰戦争のときなどは、加治木大砲隊というのが全国で活躍をするのだが、それとは別に、この饅頭が名物なのだ。皮には甘酒を練り込んで、ねっとりと湿潤、うす甘く、かすかに塩気もある。また餡は、店により粒であったり漉しであったりするが、私はもちろん漉し餡を第一と心得る。この美坂という饅頭舗のそれは漉し餡でほんわかと温かい蒸したてを売る。うまい。加治木随一の饅頭舗は、おそらく新道踏切脇なる新道屋かと思うけれど、そこは連日大人気のため、昼前に行かないと売り切れてしまう。残念ながら、今回は新道屋の饅頭は売り切れのため手に入らなかった。また次回に薩摩に行くときは、朝起きして買いにゆくべし。

美坂饅頭屋

住所｜鹿児島県姶良市加治木町錦江町180
☎｜0995-62-2545
アクセス｜日豊本線「加治木駅」から徒歩14分

二見饅頭 — 山口・下関

各地巡歴の際、どうしても素通りできないのは、饅頭である。

饅頭は、もともと中国から禅宗とともに伝来して、次第に日本化しながら全国に伝播したものだが、その土地土地に名物饅頭があって、私ども下戸連には楽しい味わいである。これが上戸連だと地酒ということになるのだろうけれど、私はもっぱら地饅頭というところである。この写真は、先日防長逍遥の折しも、矢玉のあたりで、有名なる**二見饅頭**というものに見参（げんざん）して、さっそくこれを味わっているところである。

この写真の場所は、特牛（こっとい）という港で、ここにもまた特牛饅頭という洋菓子があった。二見饅頭は、素朴ななかに、なかなか味わい深いものがあって、上乗の饅頭であった。

ときわ屋　本店

住所｜山口県下関市豊北町北宇賀3109
☎｜083-782-1021
アクセス｜JR「長門二見駅」から徒歩1分

うまいっ！——福岡

北九州へ講演に行ってきた。まず、苅田町で、『薩摩スチューデント』の話をした。私はこの町の「町づくりカレッジ」の名誉学長ということになっていて、年に二回、いろいろな話をしにいくのである。そのあと、博多に移って、福岡市美術館で開催中の『福沢諭吉展』の記念講演をした。『福沢諭吉の見ていたもの』という題目で、おもに女性論・家族論の話をした。その博多は、そもそもおいしいものの多い町だが、今回は、またじつにおいしい寿司の店を知った。誰に教わったというわけでもない。私の定宿としている百道浜のハイアット・レジデンシャル・スイート博多の近くにあったのでちょっと入ってみたまでである。それがこの写真の店で『**まさ庄**』という。付け台の向こうに立っているのが御主人、寡黙で、しかし篤実な仕事をされる。寿司は東京の一流に劣らない、上品で、過不足なく「仕事」のしてある、まことに上乗の江戸前寿司であった。九州も博多となると、こういう名店がひっそりと隠れているのであった。百道浜に立つＴＮＣ放送会館という殺

風景なビルの一階の、何の曲もない構えの店なのだが、寿司の実力は、寿司狂の私が保証する。醤油などもあの甘い九州醤油でなくてちゃんと江戸紫であったのは嬉しかった。しかも値段は、食べたこっちがびっくりして恐縮するほどリーズナブルであった。良心的この上もない寿司屋さんである。もし博多でうまい寿司を食べたかったら、ぜひ訪れてみる価値がある。

まさ庄

住所｜福岡県福岡市早良区百道浜2-3-2 TNC放送会館
☎｜092-852-5430
アクセス｜地下鉄空港線「西新駅」から徒歩16分

これはなんぞや ── 新潟・上越

ここもとお目にかける品物は、『**夜光パン**』というもの。これ、上越市高田の瓦煎餅専門店栄喜堂の店頭にて発見したるお菓子で、いかになんでも、この「夜光」というネーミングが不思議である。べつにこのパンが闇の中で光るというわけでもなさそうだ。店頭にこの名の張り紙が出ていたので、さっそく店に入って買い求め、その際、お店の人に、どうしてこれが「夜光」パンなのかとその由来を尋ねたけれど、「さあー、どうしてでしょうねえ。昔からこの名前でして」とのことで、さっぱりわからなかった。食べてみると、しっくりとした感じの固めのパン生地の上にうっすらと砂糖がコーティングされているというもの。これが結構おいしい。私はこういう味は予て（かね）愛好しているので、二袋買ってきたが、たちまち食べてしまった。家人にも評判が良かった。このネーミングも、食べてみるとなんとなく納得できる感じもあって、名前も味のうち、という気がした。地方都市にはときどき、こういう面白い名前のお菓子があるので楽しい。ちなみに直江津には「継続（けいぞく）

だんご」というのもある。これも、一種の餡ころ団子なのだが、この名前が愉快でつい買ってしまうという感じがする。そういえば、鳥取に「風呂敷饅頭」というあり、松山に「労研饅頭」というあり、饅頭の世界は不思議に面白い名前が多い。

栄喜堂

住所｜新潟県上越市本町5-5-7
☎｜025-523-5391
アクセス｜妙高はねうまライン「高田駅」から徒歩2分

雲仙に行ってきた──長崎・雲仙

はるばると雲仙温泉の雲仙観光ホテルまで、イギリスの旅の話をしに行ってきた。

お料理のおいしいことでも名高い同ホテルが、珍しくイギリス料理のフルコースを用意してくれて、その晩餐のあとに、私のイギリス旅の話を聞こうという会を催したのである。さすがにお料理もおいしく、とくに地元**鹿牧場の鹿肉**を供してくれたのは、めずらしくて結構な趣向であった。秋になると、イギリスでは鹿肉のステーキなどがよく出たもので、なつかしい感じがした。

同ホテルは、昭和十年に国策を以て建てられた欧風の素晴らしいクラシックホテルで、いまはすっかり内部リニューアルが済んでますます素敵になった。帰りがけに、島原半島の西半分を、細い田舎道を選んで逍遥してきたが、これまたとても気持ちの良いドライブだった。今度は純粋に遊びで行きたいものである。

雲仙観光ホテル（うんぜんかんこう）

住所｜長崎県雲仙市小浜町雲仙320

☎｜0957-73-3263

アクセス｜JR「諫早駅」から無料シャトルバスで80分

うつつ庵──福島・いわき

福島県郡山市立美術館に招かれて、ビアトリクス・ポター展の特別講演に行ってきた。ポターのことを話したというよりは、ポターやピーター・ラビットを生んだ時代の思潮、イギリス的なものの考え方という話をした。猛暑の中であったけれど、来聴者は超満員の盛況で、ぎっしりと立ち見が出るほどだった。帰りは常磐(じょうばん)道も日曜午後の渋滞が予想されたので、途中磐越(ばんえつ)道の小野で降りて、常磐道いわき湯本までのあいだは、ひたすら山間部の国道を右往左往しながら、東北の夏を見物してきた。なかなか風光明媚で山深い良いところだった。もういわきも近くなった、遠野町上遠野というところに、**うつつ庵**という手打ちの蕎麦処があって、さっそくここに立ち寄ったところ、嬉しいことに店内完全禁煙とあった。蕎麦はいわゆる更科の白い蕎麦と、田舎蕎麦と両方あった。私はかねて更科系を好むので、そちらを頼んだのだが、ふむ、なかなか結構な味わいであった。車の旅は、行った先々で自由に食事などを楽しめる、そこにいちばんのメリットがある。

（この旅をしたのは東日本大震災の直前であった。あの大地震のあと、この店は無事だろうか。案じているところである）

うつつ庵

住所｜福島県いわき市遠野町上遠野字川張26-1
☎｜0246-74-1678
アクセス｜JR常磐線「湯本駅」から車で20分

柳ヶ浦と唐揚げ

福岡・柳ヶ浦

博多の初村第一倉庫株式会社の招きで、講演をしてきた。この会社の社長の初村純一君は、かつて慶応義塾大学の一年生のときに、同級でのんびりと遊び回った友だちであったが、卒業後はすっかり没交渉であったところ、ふと福岡でこの会社の倉庫の建物を目睹して想い出し、それからまた友情を復活したというわけであった。人の縁というものは面白い。そして翌日は、恒例、苅田町町づくりカレッジの特別講演で源氏の話をしてきた。そのあと、豊前（ぶぜん）方面を探索に出かけ、能の『清経（きよつね）』ゆかりの宇佐八幡と柳ケ浦を巡遊して戻ってきた。途中、中津名物**鶏の唐揚げ**というので、それを路傍の唐揚げ店で買い食いして舌鼓を打った。写真は、くだんの柳ケ浦である。おそらく、清経の時代の柳ケ浦は、現在かなり内陸になってしまっているかと想像され、海岸から少し入った橋のたもとに謡蹟の石碑が建っていた。現在の柳ケ浦は広大な干潟を形成していて、折からの引き潮に、鷺やカモメなどの鳥たちがのんびりと餌をついばんでいた。

九州の秋——佐賀・唐津

福岡へ講演に行ってきた。九州市民大学という催しの講師として行って、古典文学のことを話した。千五百人も収容できる大ホールが満席になっていたのはびっくりしたが、みな熱心に聞いてくださったことに感謝したい。その日は時間が遅くてもう帰京するすべもなかったので、そのまま博多にもう一泊し、翌日の日曜日に糸島半島から唐津あたりを逍遥して、秋らしい風景に際会し、また素敵に新鮮なイカの刺身を食べた。上の写真は、糸島志摩の鹿家（しかか）という在所の秋の田の風景なのだが、もういくらかめずらしくなりつつある、ハサ掛けした稲束が美しかった。コスモスが花盛りであった。下の写真は、唐津浜玉というところの「おさかな村」という市場の二階にある食堂で、「**活き烏賊トッピング丼**」というのを食べたので、撮影してみた。イカが、ピカピカと透き通っていて、実に新鮮。今の今まで活きていたイカでないと、こういうふうにはならぬ。ああ、おいしかった。

大漁亭（たいりょうてい）

住所｜佐賀県唐津市浜玉町浜崎1922　おさかな村2F
☎｜0955-56-2200
アクセス｜JR「浜崎駅」から徒歩20分

笑福食堂――福岡・豊前

この写真は「**笑福食堂**」というめでたい屋号の中華料理店である。日豊本線の豊前松江という小さなローカル駅の真ん前にある食堂で、駅のすぐ向こうはもう海、というまことに牧歌的な佇いのところである。

九州の苅田町へ講演の折に、その辺りの風景探索にぶらりでかけたついでに、ふとこの食堂に立ち寄って皿うどんを食べた。写真は、その折りに撮影した一枚。

私の旅は、いつもこういう調子で、ガイドブックなどにはまず出てこないような、「地元食堂」に、出会い頭に入って食べる。おいしい店に当たることもあるし、とんでもないものに出会うこともある。しかし、そういう不確定な、未知との遭遇が、もっとも楽しいのだ。ちなみに、ここの皿うどんは、なかなか結構なお味でありました。

しょうふくしょくどう
笑福食堂

住所｜福岡県豊前市松江1482
☎｜0979-82-4504
アクセス｜日豊本線「豊前松江駅」駅前

信濃大町合宿——長野・信濃大町

じつは、白州の家はすでに売却し、いまは五十年の昔から父の作った別荘のあった（そしてそこで私どもはみな夏を過ごしてきた）信濃大町の別荘村に帰ることにしたのである。ここは標高八〇〇メートルくらいのところだが、冷涼な高瀬川の河岸段丘の緑陰で、軽井沢程度の涼しさに恵まれている。今年の夏からは、こちらに隠遁して新しい本を書くことにしたのである。その大町の山荘に、金沢からテノール歌手でもある北山吉明医師夫妻、またいつもお世話になるピアニストの五味こずえ君を迎えて、第二回金沢コンサートのための練習合宿をした。合宿といっても、お客人たちは近在のホテル等に宿泊して、拙宅では練習に励んだ。来年はまた新曲をあれこれ出そうというので、大張り切りである。帰りがけに、信濃大町名物としてよく知られた**昭和軒のソースカツ丼**をみなで食べに行った。いまはこの店も二代目になり、先代の女将さんが作っていた時分のそれとはずいぶん風情も変わったけれど、名代のカツ丼ソースは健在で、このたっぷりのボリュームといい、あっさりと

揚がった風味といい、おいしさは相変わらずであるところが嬉しい。かくて楽しい大町声楽合宿も無事終了。（その後、北山ドクターもこの村が気に入って村民の一人となられた）

昭和軒（しょうわけん）

住所｜長野県大町市大町3215
☎｜0261-22-0220
アクセス｜JR「信濃大町駅」から徒歩3分

フィンランドに行ってきた

フィンランド・クウサモ

数年ぶりに外国へ行ってきた。

今回は、スカンジナビア・ニッポン・ササカワ財団の理事会というのがその用務で、私はどういうわけかその財団の理事（もとより無給の奉仕ながら）なので、年に一度の理事会に出席するため、はるばるとフィンランドまで行ってきたのである。この財団はニッポン財団の分家のような組織だが、フィンランド、デンマーク、スウェーデン、ノルウェイ、アイスランドの五カ国で構成され、毎年持ち回りで理事会を開く。今年はフィンランドが当番国で、その北部リゾート地、クウサモというところで理事会が開かれた。まあその理事会のことはここに書くまでもないが、このクウサモというところは、ほんとうに森と湖以外なにもないというべき美しいところで、その風景を満喫してきた。

このあたりでは、トナカイを食用に飼っているので、その**トナカイのタルタルステーキやら、スープやらの珍味**のご馳走にあずかった。これは掛け値なくおいしいものである。次ページの上の写真は、当番理事のヴィヒコさんご夫妻の別荘敷地内にある船着き場であるが、その別荘の広大な敷地と見事なログハウス、ほんとうの豊かさとは何かを考えさせられた。

理事会を終えてから、一日だけヘルシンキに戻って、めずらしく観光などをしてみた。といっても、ただブラブラと街歩きをしただけで、なんのめずらしいこともないが、この写真は、その港に面したマーケットでフィンランドのB級グルメをやっつけているところである。いまやパクっといこうとしているのは、小魚のフライで、イギリスではこれをホワイトベイトと呼ぶが、フィンランド語ではなんというか知らない。なかなかうまい。そのほかに、ソーセージを揚げたのやら、じゃがいもを揚げたのやら、あれこれ頗る脂っぽいので、じつはちょっとだけ食べたにもかかわらず、おおいに胃にもたれ胸焼けに苦しめられた。

滴翠園(てきすいえん)コンサート――大分・日田

大分県日田市鶴河内の旧家井上家滴翠園の穀蔵(こくぐら)ホールでの演奏会は、無事、盛況裏に終了した。同家の築百年を記念しての演奏会で、『いまむかし歌の教室』と題して、テノールの勝又晃君と二人、男声デュエット「デュオ・アミーチ」として、なつかしい唱歌や歌謡曲の数々を歌い、また、それぞれの独唱で、勝又君はよく知られたテノールの名歌曲『カタリー』『エストレリータ』それに『帰れソレントへ』を、天にも響けとばかり、朗々と輝かしい声で歌い、私は、ガルデルのタンゴ『こいつぁだめさ』、アイルランド民謡『The Rose of Tralee』、小林秀雄『落葉松』、高田三郎『くちなし』を、しんみりと歌ってみっちり二時間の演奏会となった。

当日はあいにくの大雨で、邸内はぬかるみ、足下が悪い状態であったけれど、お客様は続々と詰めかけてこられ、ホール内は人であふれ返って超満員となった。

唱歌や歌謡曲などは、お客様方の中にも、一緒に口ずさまれる人が多く、非常に熱気あ

ふれる演奏会の空気は、ちょっと経験しない楽しさであった。
十七年前の同ホールこけら落としのときもそうであったが、リハーサルと本番と、それぞれ終わったあとには、井上家の皆様お心尽くしの手料理で、盛大にもてなされ、その美味、その豪華、言うべき言葉を知らぬくらいの御馳走、これには、まったく感動また感動、胃袋が三つくらいは欲しいなあと思ったことであった。写真は、地元の川で釣られた**天然鮎の焼き物**、やはり鮎は川魚の王者というべく、まことに結構な風味であった。
コンサートは夜であったので、その日の昼間、しばし日田市内豆田町(まめたまち)の古く美しい町並

みを見物にいった。以前に来たときも、また別の取材で訪れたときも、豆田町は探訪したが、いっそう清潔に整備されたようで、まるで映画のセットのようであった。

本番は、地元のケーブルテレビが二台のカメラを据えて撮影収録し、また大分合同新聞も取材に見えた。地元ではそうとうに大きなイベントとなったことであろうと思われる。井上邸は、生きた文化財、その見事な建築技巧と意匠には、つくづく脱帽である。

季節がら、夜は蛍の明滅を眺めたのも、まためずらしく楽しいことであった。

僻村塾（へきそん）——石川・白山

白山市の白峰の奥にある、「僻村塾」というところまで講演に出かけた。これが、あっと驚くような山村僻陬（へきすう）の地で、僻村塾とは言い得て妙と感心をしたことである。

現在は、池澤夏樹さんが塾長で、ひとつ気楽に話をしにきてくださいと頼まれ、『平家物語』についての講話と朗読をしてきた。終わってから、塾のフェロウがたのお手料理による、たいへんなご馳走が出た。一つひとつ、地元の食材を中心として、それはもう、じつにじつにじつにじつに美味極まるご馳走だった。**超絶的に洗練された家庭料理・郷土料理**なのだが、そこにこそ、天下の美味は凝集しているのだ、と改めて痛感させられた。なかでも、ほっそりとした若鮎を囲炉裏の炭火で焼いた焼き鮎のまあ、うまかったこと。骨などないような柔らかさ、しかし、しっかりと鮎の香味があって、ああ、ああ、思い出すさえ垂涎というものである。良い思い出を得て、きょう、酷暑のなかを信濃大町の山荘翠風（すいふう）居（きょ）まで帰ってきたら、その涼しいことは、またなによりの妙薬であった。

子規記念博物館と瀬戸内の海——愛媛・松山

愛媛県松山市の子規記念博物館の招きで、松山まで講演に行ってきた。今回は、『子規、私の読みかた』と題して、正岡子規の夥しい俳句作品の中から、主に「食べ物」をテーマとした句を選び出し、それらを軸として、子規の生涯と文学を論じることにしたのである。

実際、子規は、死ぬ直前まで、あの結核の脊髄カリエスのため身動きのできぬ重病の身でありながら、じつにおどろくほどの「食いしん坊」ぶりを発揮していたことは、『病床六尺』や『仰臥漫録』などを読めばわかる。同時に、彼はその苦しい病床にあって、驚異的な気力を以て著述を続けたことにも感銘を受ける。つまりは、食欲と著述は子規の生きていく二つの柱だったような気がする。

そんなことを中心として、彼の若い頃からの作品を概観しながら、同級の夏目漱石との交友にも触れつつ、一時間半たっぷりとお話をしてきた。記念館の講堂はおかげさまで満席の盛況で、はるばると講演に出向いた甲斐があったというものであった。

講演を終えた翌日、旧友の愛媛大学清水史(ふみと)教授の案内で近在の鹿島へ景色をながめに行った。良い天気で、瀬戸内海の景色が素晴らしかったが、風が強くていささか寒い日であった。写真は、ご当地名物「**鯛飯**」のセット。このタレと玉子を熱いご飯にかけて、そこへ鯛の刺身を和してざらざらと掻き込む。一種の漁師料理であろう。瀬戸内の鯛は、なるほど潮の流れが速く栄養豊かな海の恵みで、まことに結構であった。

薩摩の旅—鹿児島

久しぶりに薩摩に行ってきた。鹿児島市の城山観光ホテルが主催する維新回顧のイベントの一環で、『薩摩スチューデント』のことを話してきたのである（詳しくは拙著歴史小説『薩摩スチューデント、西へ』光文社文庫をご一読ください）。所与の時間は六十分という予定であったけれど、なにしろ十五人もいる留学生のことを話すには足りない時間で、少しオーバーして極力詳しく話した。講演の前に数時間の閑暇があったので、ひとつは地元鹿児島テレビのインタビューを収録したのと、南日本新聞の取材で、磯の異人館に行って写真撮影、そしてそのあと、ご当地名物「**ぢゃんぼ餅**」をご馳走になった。この「ぢゃんぼ」というのは「両棒」と書いて「リャンボウ」と読んだのの転訛であろうと思われる。ご覧のように、一つの餅に二本の棒（串）が挿してある。それでこう呼ぶので、別にJamboではなく、むしろ小さなミタラシ餅と言うべきものであった。ただし、生地はミタラシ団子よりだいぶソフトで、よく伸びる。それでも一人前が写真の一皿なので、よほど大量である。これ一皿で

平田屋（ひらたや）

住所｜鹿児島県鹿児島市吉野町9673
☎｜099-247-3354
アクセス｜JR「鹿児島中央駅」から車で約15分

ずいぶん満腹してしまうが、もとは海水浴の人たちのためのおやつだったそうで、ヴォリュームがあるのはそのためだそうである。写真は異人館近く（そこがこの餅の発祥の地という）の**平田屋**という老舗で、その餅をやっつけているところである。これがなかなかおいしかった。

しかしながら、なんといっても鹿児島のピカイチのお菓子は、前述の加治木饅頭であろう…と私は勝手に思っている。ヤワヤワとして、ペトペトとして、上品に甘く、暖かく、薄っぺらく造形してあるので食べやすくもある。私はこれが大好物で鹿児島に行ったら買わずにはおかない。今回の旅でも三軒の加治木饅頭を試みた。そのうちの一つ**岡田商店**（加治木駅前）のそれを写真に撮った。これもなかなかおいしかったが……、数多い加治木饅頭屋のなかで、私がもっとも愛してやまないのは、この写真の店、すなわち**新道屋**（しんみちや）のそれである。ここは、毎日午前中で売り切れてしまうので、ホテルから出て、いの一番に買いに行った。そうしたら、もうすでに長い行列ができていて、三十分ほども待たなければ買えないという盛況であった。新道屋の店は、小さなガラス窓で閉じられ、それがときどき開いて、中からお店の人が顔を出す。そしたら、注文だけして待つ。その間、くだんの

岡田商店

住所｜鹿児島県姶良市加治木町諏訪町117-4
☎｜0995-63-3019
アクセス｜日豊本線「加治木駅」から徒歩1分

注文窓は常にピシャリと閉じられている。まるで売ることを拒否するような風情だが、いやいやそうでない、これは室内の蒸気が逃げて饅頭が乾燥するのを防ぐという目的があって、こういう販売形態になっているよし。しかも「手作りの饅頭が三分に一回、二十個ずつ蒸し上がる」というわけで、じっくりと待たなくてはならない。なにごとも忍耐である。私も列に並んで待つこと三十分、やっと自分の番になったので、十五個買った。うちは大家族なので、このくらい買わないと追いつかない。出てきた饅頭は蒸したてとあって、手に持てないほど熱い。これをエイヤッとかばんに入れて、それから夕方まであたりを逍遥し、東京に着いたのがおよそ六時半、それから家に辿り着いたのは八時半になっていたが、なんとまだ饅頭はほのかに温かった。さっそく包を開いて舌鼓を打った。いやあ、うまい！　これは東京では絶対に買えないもので、鹿児島の加治木に行って、新道屋の店頭に午前十一時前には行って、行列して、忍耐して、やっと買えるのだ。しかしそれだけの努力と忍耐をする価値はたしかにある。それほどの美味であり、なおかつ一個が九十円という安さで、じつにどうも結構至極である。もし鹿児島に旅行をなさったら、ぜひこの新道屋の加治木饅頭を求めて食べてご覧になるがよい。なお、十五個買った饅頭は、家に帰った途端に、私は二個平らげ、娘婿も、妻も、みな二個ずつぺろりと食べてしまったので、即座に半分なくなってしまった。

それから、飛行機の時間まで、加治木、隼人、霧島のあたりをぶらぶらと当てもないドライブをした。紅葉には少し早かったが、気候はよし、風景もなかなかのもので、束の間ながら、愉しいドライブだった。途中、犬飼の滝というのに遭遇したが、どうしてどうして、立派な瀑布で、水量といい落差といい、一級品の滝であった。

新道屋

住所｜鹿児島県姶良市加治木町新富町24
☎｜0995-62-2654
アクセス｜日豊本線「加治木駅」から徒歩4分

旅コラム①

ある晴れた日に

長崎へ行ってきた。むろん観光に行ったのではなくて、講演の仕事である。が、いつものように、講演当日の午前中は車を走らせて、「隠れたる名景」を探しに行った。この風景は、大村の町から少し外れた山の上からの眺めで、折しも好天、しかも、からりと乾燥して空気の冷たい、まるでイギリスの六月のような気持ちのいい朝であった。この写真の背後には、耕して天に至る段々畑が山を蔽い、その多くは蜜柑畑だが、一部地を黄金色(こがね)に染めて菜の花が咲き満ちている畑もあった。大村湾は、まるでとろりとしているように波静かで、あのプッチーニの「ある晴れた日に」などが心のうちに聞こえる気がした。

旅コラム②

美しくさりげなく

この建物は門司にある和幸運輸株式会社事務所というものである。明治四十三年に門司税関の保税倉庫として造られたものを、当時大総合商社であった鈴木商店という会社が買い取って民間に移管、今は、この隣の関門製糖という会社の関連会社の事務棟として使われているらしい。この見事な石積みの護岸は、手前側にコの字形の防波堤を持つ小規模な港湾施設となっているものの一部分で、今もなお製糖工場として運転されているレンガ造りの工場建築群と合わせて、まことに尊重すべき産業遺産。美しくまたさりげないところが味わいである。私は、日本中を歩き回って、こういう風景を捜してはコツコツと写真に撮ったりしているのである。

旅コラム③

お彼岸

萩からの帰り道、中国山地のしっぽというか、秋吉台の近くの山道を抜けると、もう刈り入れも済んだ田の畔(くろ)に、一面に彼岸花が咲いていた。彼岸花には白いのもあるけれど、やっぱりこの血の色のように赤いのが彼岸花らしくて良い。中国山地は穏やかで、いわゆる山紫水明(さんしすいめい)の処(ところ)という風情が横溢している。山は幾重にも折り重なって、しかも、深からず、高からず、ちょうど人の背丈によく似合うという感じがする。家々は、この地方独特の茶色い瓦をのせた古風なつくりで、いわゆる小国寡民(しょうこくかみん)、鶏犬相聞(けいけんあいき)こゆるという空気である。もし何も心配なく隠居するとしたら、こういうところが良いかも知れぬ。海も近く、どうかすれば海風の通いすら感じられる。そして海の幸山の幸にも事欠かぬ、長門周防あたりの山里はいかにも味わい深い。

第二章

東京で出会った美味

蕎麦の名品ここにあり―府中

なにしろ、私は蕎麦というものが無二無三に大好きで、それも手打ちの生粉(きこ)打ちで、いっさい海苔などもかけない、盛りそばに限る。しかも、蕎麦は、細くてつるつると喉越しの良いのが身上で、ゴソゴソと太いのなんかは気に入らない。またツユというものが大切で、有名な老舗なんかでも、実際に行ってみると、ベタベタと甘ったるいツユに閉口することなど、めずらしくない。信州あたりでも、蕎麦は良いんだけれどツユがまずいという店が、また結構多い。結局、蕎麦が良くって、ツユが良くって、なおかつ、食べ終ってから、煮え立った熱い熱い蕎麦湯を、タイミング良く出してくれるなんて店でないと、どうも感心しない。この写真の蕎麦は、（写真が宜しくないので、蕎麦のおいしさが十分に表現されていないのは遺憾だ！）府中市の「**心蕎人(しんきょうじん)さくら**」という店の「**せいろそば**」で、石臼自家製粉生粉打ち手打ち正真の名品である。まだ若い主人がせっせと打っているのだが、よほど修業がよかったのか、才能のしからしむるところか、近年出色のうまさである。蕎麦が良くっ

てツユが良くって、そして蕎麦湯が良くって、いつも感心しながら、その馥郁(ふくいく)たる蕎麦の薫りと喉越しと歯ごたえを楽しんでいる。きょうもちょいとひとっ走りこれを手繰(たぐ)りに行ってきたところである。

心蕎人(しんきょうじん)さくら

住所｜東京都府中市天神町4-30-17 扇家ビル1F
☎｜042-361-4319
アクセス｜京王電鉄「東府中駅」から徒歩33分

普茶料理『梵』――入谷

きょうは、旧知の編集者二人へのお礼を込めて、入谷の**普茶料理屋『梵』**で会食をしてきた。じつは梵は、私のもっとも尊敬し愛好する純精進料理の店で、普茶料理として、日本有数の名店と言ってよい。なにしろ手間ひまのかかった料理ばかりで、毎回四十品目くらいは出るだろうか。見て楽しく、味わっておいしく、しかも本当に新鮮な素材を用いた、完璧なお精進だから健康にも頗る良い。それに、竜泉寺裏のこの店の佇まいがまた、いかにも古風で趣深く、しっくりとした個室で、誰にも邪魔されず、タバコや酔漢にも悩まされることなく、静かな清談に時を過ごすことができる。こういう店は、東京広しと雖も(いえど)そうそうあるものではない。それについては、この店の二代目御主人古川竜三さん御夫妻の、温雅なお人柄が反映しているように思える。店のサービススタッフもみな感じよく親切で、しかも、お料理は大変にリーズナブルな料金である。私はなにかというと、この梵に予約をして、人を接待もし、自ら楽しみで食べにも行く。特に外国人の接待には絶好の店である。梵のホームページはhttp://www.fuchabon.co.jp/で見られる。きょうも楽しくおいしい歓談の一時を感謝しつつ。写真上は、岩牡蛎見立ての湯葉刺し身、酢蓮（すばす）等の盛り合わせ。写真中は、お精進の鰻蒲焼きもどき、うざく風。鰻に見えるものの素材は豆腐や海苔など。写真下は梵の店の前にて、御主人の古川さんと。

梵（ぼん）

住所｜東京都台東区竜泉1-2-11
☎｜03-3872-0375
アクセス｜地下鉄日比谷線「入谷駅」から徒歩10分

黒茶屋｜五日市

九月になった。時の経つことの疾き、まことに年々歳々加速度がついていくように思われる。八月の下旬から今日までは夏休みのつもりだったが、結局、まったく一日の休みもとれないような調子で月日が過ぎた。

きょうはその夏休み最後の一日だったので、昼間の面会仕事を終えて、ふと思い立って妻と二人、五日市の**黒茶屋**という店へぶらりと夕食を食べに行った。ほとんどは野菜で、鮎とヤマメを炭火焼きで食べるという趣向、なかなか結構であった。

黒茶屋は、ご覧のような黒光りする古い民家を再生した店構えで、あたりはもう奥多摩の山、秋川の清流、雰囲気がとても良い。ちょっとだけ「休暇」の気分を味わった。

黒茶屋（くろちゃや）

住所｜東京都あきる野市小中野167
☎｜042-596-0129
アクセス｜JR「武蔵五日市駅」から徒歩25分

釜膳——三鷹

きょうは久しぶりに、三鷹の「**釜膳**」まで、釜飯を食べに行った。

釜膳は、私の大好きな釜飯屋さんで、この写真ではわからないけれど、一見まるで釜飯屋には見えないような、モダニズム風の設(しつら)いになっているところがまた良い。私はいつも定番の五目釜飯のコースを取るのだが（夜はコース料理のみ）、エビカニアレルギーなので、エビの代わりに、他の魚介を入れてくれる。きょうはホタテが入っていた。これが牡蠣のこともあり、いろいろと楽しい。コースは煮物和え物の八寸（オードブル）に始まって、魚、肉、汁、釜飯、と続くのだが、私は脂肪をできるだけ摂らない食生活だということを了解してくれていて、肉の代わりに魚の焼き物を作ってくれた。刺し身は、マグロの酢味噌サラダ仕立て、鮭とジャガイモのグラタン風、松茸の土瓶蒸し、そしてこの五目釜飯。優に三膳分くらいあって、その最後のお焦げのところを、出汁(だし)漬けにして食べるという趣向。これがまたなんとしてもおいしいのだ。そうとうな健啖家でも充分満腹にしてくれるだけ

のヴォリュームがあるが、なにせ消化のいい和食なので、夜中にはきれいに消化して、はや空腹感を覚える。おいしかったなあ、今日も。三鷹駅北口から歩いてすぐのところにある。

（後記）釜膳は、先年、御主人が急逝して間もなく閉店してしまった。まことに惜しんで余りある痛恨事であった。

打ち上げ――田町

新刊拙著『日本語は死にかかっている』（NTT出版）のサイン会を無事終えてから、出版社が打ち上げの会を設営してくれた。田町駅の近くにある『**牡丹**』という大きな日本料理屋であったが、中山達也料理長の采配よろしきを得て、趣向豊かな名菜が並んだ。聞けば、編集部が、私の低脂肪食ということをよく板場と相談して特別に献立してくれたものらしい。ありがたいことである。その中から、写真上はえい鰭（ひれ）旨煮、向こう側に手毬菊花蕪、右側に黒豆湯葉、手前に春菊と菊花の浸し物、このえい鰭は、軟骨がほろほろになるまでよく煮込んであって、やさしい口触りの一品。写真下は、鮑柔煮にケイパーと赤粒胡椒を添えたもの、手前は、味噌柚餅子が二片、右のやや緑がかったものは鮑の肝の旨煮。〆には手打ちの越前蕎麦という趣向。秋らしい食卓の風景を大いに楽しんで夜も更けた。

（後記）この名店もつい最近、残念ながら惜しまれつつ閉店してしまった。

わが愛する寿司――杉並

人も知るごとく、私は、大の寿司狂で、毎日食べても食べ飽きない、というくらい寿司が好きである。そのため、日本国中どこへ行っても寿司に見参すること、われながら物好きの極みであるが、やっぱり寿司は東京がもっともおいしいと思うのである。それはそうだ。寿司といっても、こんにちはどこへいっても「江戸前」の看板を出しているところばかりだから、江戸前握りなら、やっぱり東京が元祖なのである。だから名店も多く、寿司ネタも良いものが揃っている（とはいえ、上方の押し寿司はまたそれで結構だし、各地の地方色豊かな混ぜ寿司などもそれぞれにおいしいものがある）。とはいえ、寿司行脚のうちには、まずいなあ、と思う寿司に遭遇することも非常に多いが、いやいや、それもまた行脚修行のうちと割り切っている。

この写真の寿司は、私の行きつけの店で、杉並区浜田山なる勘六の寿司の佇まいである。これは赤身のヅケである。**勘六の寿司**は、小振りで上品で、ネタも飯も、みな良い。私は

飯もネタも大きいのは疎ましくて嫌いであるが、勘六のは、ほぼ理想に近い。
さて、この日の赤身は素晴らしくおいしかった。そのしっくりねっとりとおいしい赤身をヅケに作ってくれたのがこれである。寿司というものは、あれこれと好きなものを注文しつつ、職人さんと四方山の話をしながら食べられるので、一人で行っても楽しい。それがなじみの店の、気心知れた職人さんとあればなおさらである。

勘六

住所｜東京都杉並区浜田山4-11-4
☎｜03-3317-3733
アクセス｜井の頭線「浜田山駅」から徒歩約5分

このスコンはなかなか良い——横田

横田基地の第五ゲートから遠からぬところに、Zuccottoというカフェレストランがある。いかにもアメリカ風の、そうさなあ、ちょうど中南部かカリフォルニアあたりの草原のなかに長距離バスの駅に付属して設けられているような、そんな空気があって、ちょっと愉快である。ここの料理は食べたことがないので批評の外だけれど、写真の**スコン**は、なかなか逸物である。この店のケーキ類は自家製で、いかにも手作りという風情でおいしいが、この見事に「狼の口」を開いたスコンも、たしかに本物のスコンの香りがする。惜しむらくは、すこーし甘味が強過ぎるのと、付け合わせて出てくるのが、御定法（じょうほう）のジャムとクロッテッド・クリームにあらずして、アイスクリームと生クリームというところが画竜点睛を欠くのではあるが、東京でもめずらしいスコンの本物を食べさせるのはエライ。紅茶を頼むと、ちゃんとポットで出てくるのも好もしいが、ただコーヒークリームを一緒にもってくるのは、一考を願いたい。ただし、牛乳をくれませんか、と頼めば、ちゃんと冷

たい牛乳を持ってきてくれるのは、大いに感心した。店のしつらいも、なかなか洒落ていて、私はこのちょっとスロッピーな、あるいはポップな感じを愛する。外にはテラス席もあって、良い季節には外で食べるのも楽しい。値段もリーズナブルだし、働いている若い人たちも感じが良い。ただし、完全禁煙でないのは、甚だ遺憾である。ぜひ禁煙に願いたい。

ZUCCOTTO福生店

住所｜東京都福生市福生2223
☎｜042-553-5851
アクセス｜JR「東福生駅」から徒歩6分

還暦祝い——入谷

きょうは、ロルフィング（アメリカの生化学者アイダ・ロルフ博士が開発した一種の整体施術）関係の親しい友人たちが集ってくれて、わが還暦の祝いの宴を開いてくれた。まことにありがたいことである。宴は、これもわが愛する入谷の梵で開かれたが、そしたら、お店の御主人が、こんなによくできた祝いのケーキを用意してくれていた。それにしてもよくできた**似顔ケーキ**である。こう見えて、これが苺のショートケーキなのだからびっくり。顔などはチョコレートでできていて、食べてみたらとてもおいしかった。お料理はまた春らしいものが勢ぞろいで、今年初めての**若い筍**など頂戴した。きけば熊本で出た筍の由だった。雪模様の一夕、お酒も飲まずに、大いに談論風発、笑いさざめく楽しいひとときだった。感謝！

梵（ぼん）

住所｜東京都台東区竜泉1-2-11
☎｜03-3872-0375
アクセス｜地下鉄日比谷線「入谷駅」から徒歩10分

生チョコ餅——小金井

この茶色い団子のようなものは、「**生チョコ餅**」というものである。わが敬愛する和菓子舗、小金井名物麩饅頭でおなじみの「**三陽**」が、最近売り出した品で、むろんヴァレンタイン・デイを睨んだものであろうと思われる。こういうものは、別段三陽の独創というわけではなくて、あちこちにこれと似たようなものがあるだろうと想像される。しかしながら、私はともかくこの店の和菓子が大好きなので、さっそくこの生チョコ餅も買ってみた。中はとろりとした生チョコで、それを羽二重餅風の非常に軟質の薄い求肥（ぎゅうひ）餅でくるみ、さらにその外にビターなカカオパウダーをまぶした、というわけで、まあごくオーソドックスな作り方だと評すべきものであろう。けれども、実際こういうものは、甘さ、質感、苦さ、大きさ、微妙なバランスが大切で、さすがに三陽のそれは見事な出来であった。「ヴァレンタインは和菓子で！」、それが新しい時代の風かもしれない。

三陽（さんよう）

住所｜東京都小金井市本町2-9-10
☎｜042-383-7400
アクセス｜JR「武蔵小金井駅」から徒歩5分

夕顔の勉強——亀戸

昨日は、新宿の朝日カルチャーセンターの稽古舞台で、『謹訳源氏物語と能』というシリーズ講義の第一回であった。テーマは『夕顔』。ご存知、源氏物語の夕顔の巻を素材に作劇したものだが、じつはこの能はなかなか古い作品で、しかも相当に内容は難しいところがある。同じ夕顔に材を取る『半蔀(はじとみ)』が、かなりわかりやすい形で原作を脚色しているのに比べると、『夕顔』のほうは、それとはっきりとはわからない形にして溶け込ませてあるので、よくよく読まないとわからないところがある。そこで、今回は、延々三時間の講義で、前半の九十分は、主に私がその詞章についての、テキストとしての解釈を述べ、後半の九十分は、観世流能楽師宗家直門の坂口貴信君に来てもらって、実際に演能する場合の、音楽的、演劇的、さまざまな側面を実演入りで解説してもらうという、贅沢、欲張りな企画であった。坂口君は私の芸大時代の教え子である。聴講者がわずか四十人足らず

（会場が狭くて、そのくらいしか入れない）であったのは、まことに残念であった。終わってから、三井ビルの地下にある、亀戸大根の店升本で、大根尽くしのご飯など食べた。写真は、私といっしょに写っている好男子が坂口貴信君。下の写真は、その**升本の「大根葛餅」**というデザート。

亀戸升本（かめいどますもと）　本店（ほんてん）

住所｜東京都江東区亀戸4-18-9
☎｜03-3637-1533
アクセス｜JR総武線「亀戸駅」から徒歩7分

梵の普茶料理、その涼味──入谷

毎日が源氏の執筆に追われて過ぎていく。さて、きのうは、久しぶりに、かつて東横短大で教鞭を執った仲間たちと久闊（きゅうかつ）を叙（じょ）して会食、まことに楽しい一夕であった。会食は、例によって、わが愛する普茶料理店、入谷の「梵」。なにしろ、こう暑い日が続いて体力も消耗し、食欲も減退しようかという季節になると、食養生はなによりの緊要事である。元気も病気も食事から。そういうわけで、純粋な精進料理で、しかも、どの品も素晴らしく美しくおいしい、手の込んだ料理ばかり。

いつ来てもこの店のお料理には失望させられることがない。店主古川さんはじめ、皆さんの努力のおかげである。昨日も、おいしいおいしいと皆で感激しながら、ゆっくりと食事。閑寂で雰囲気の素晴らしい個室で会話もはずみ、なんともいえない忙中閑を味わった。写真の料理は、生春巻き風にレタスで包んだ香味野菜や湯葉などに、白舞茸などを絡めた八角風味のジュレをたっぷりかけた冷製の一鉢。見事な料理であった。

梵(ぼん)

住所｜東京都台東区竜泉1-2-11
☎｜03-3872-0375
アクセス｜地下鉄日比谷線「入谷駅」から徒歩10分

鮎の塩焼き——八王子

『謹訳源氏物語』第四巻の見本刷り（本を刊行するとき、本格的に書店に配本される前に、見本刷りというものを少部数作る。これを、刊行に先立つことおよそ一週間くらいのころに著者のもとへ届けてくれるのが日本の出版界の慣行である）が無事届けられた。水色の帯の色も美しく、製本もしっかりしていて、良い仕上がりである。そこでさっそくその完成のささやかなお祝いをした。八王子の**とうふ屋うかい**という、なかなか愛すべき店に行って、豆腐料理を食べたが、写真はそのなかの**鮎の塩焼き**である。いまごろの鮎のこととて、子持ちで、鮎としては本格的な味わいではなかったが、子持ちは子持ちでまた別のおいしさがある。骨が非常に柔らかく、頭から尾まで、なにも残さずきれいに食べてしまった。

私は、川魚では、天然のヤマメの塩焼きをもっとも愛好し、鮎はそれに次ぐ。イワナとか、ニジマスなどになると、ぐっと私のなかの評価が下がる。さてさて、またがんばって第五巻の続きを書かなくては……。

とうふ屋うかい（大和田店）

住所｜東京都八王子市大和田町2-18-10
☎｜042-656-1028
アクセス｜「八王子駅」からバスで約10分

涼しく暮らす方法——小金井

きょうは、NHKの午後の番組、「つながるラジオ」に生出演してきた。

この四月から一月に一度、レギュラーで二時間ほど出演して、『リンボウ先生のこれが私の暮らしかた』というのをやっている。その冒頭、三時十五分くらいから、毎回、「おやつのお茶」タイムを設けてあって、前回は、私の焼いていったスコンに、スタジオで林流紅茶道家元の私じきじきに万古焼の急須で入れたミルクティーというあんばいだったが、今回は「涼しく暮らす方法」という特集とあって、小金井市に燦然と輝く和菓子の星、わが愛して止まない**三陽の麩饅頭**を持参した。

お茶はNHKのスタッフが御薄（おうす）を立ててくれた。この麩饅頭はほんとうにおいしくて、私はつねづね愛好しているのだが、きょうはまたひんやりと冷やしたのを、三人でおおいに愉しんだ。

ついでに旧暦の七夕の季節でもあるので、スタジオに笹を用意して、すっかり七夕モー

ドの放送となった。この暑苦しい夏を涼しく暮らすには、まず心の涼しさが大切だということが今日の結論。心頭滅却すれば火もまた涼しというものである。

三陽（さんよう）

住所｜東京都小金井市本町2-9-10
☎｜042-383-7400
アクセス｜JR「武蔵小金井駅」から徒歩5分

新年のご挨拶——多摩

ややおくればせながら、あけましておめでとうございます。

この年末年始は、例によってひたすら仕事をしておりました。おかげさまで無事越年いたし、本も二冊つつがなく書き上げた次第です。

これから『謹訳源氏物語』の文庫化のための校正にとりかかりますが、その間もひっきりなしに原稿の締め切りやら、講演の準備やらが続くので、なかなか休む日がありません。

さるなかにも、毎日午後三時になると、お茶の時間となりますが、最近出色のお茶菓子として愛好しているのが、写真の、**青木屋の「蒸かし酒まんじゅう」**であります。これは多摩の銘酒「沢の井」の酒粕と清酒を加えて作られていて、これがじつに良い香りがします。酒を使ってあるといっても充分蒸かしてあるので、アルコール分は完全に飛んでいて、私でも安全に、おいしくいただけます。アンコも上品、ふんわりと柔らかで、まことに結構しごく。だまっていると三つくらい食べたくなるので、一生懸命我慢をしているという

ところです。

ただしこの饅頭は正月限定で、今月末までしか販売されないので、せいぜい食べられるうちに食べようと思っているところであります。

青木屋（あおきや） 小金井店

住所｜東京都小金井市本町5-41-3
☎｜042-384-0332
アクセス｜JR「武蔵小金井駅」から徒歩約15分

これはうまい！ —— 早稲田

食いしん坊の私としては、いつも気になっているのは、たとえばお寿司屋さんの賄い(まかない)ってものは、どんな具合になってるのだろう、ということである。そう思うのは私に限らないと見えて、なかには賄いで出していたのを、おいしいので表メニューにしたというような例も仄聞(そくぶん)するところ。さて、そんな話を、私はいつもわが愛する早稲田の**八幡鮨**で談論風発していたところ、たとえば寿司ネタを取ったあとに残る**鮪の血合い**などは、しばしば賄いの一品になるということを聞いた。ああ、それはうまそうな、と、根っからの食いしん坊根性が蠢動して、食べたい、食べたいと願っていたところ、「ちょうど今日仕入れて、新鮮な血合いが出ましたから」といって、おすそ分けに与った。いや、これはありがたい！　さてこそ、感謝感激、もともとこの八幡の鮪はほんとうに素晴らしい一級品ばかりを仕入れてくることがわかっているので、血合だって一級品に決まってるのである。

そこで、私はこれを持ち帰って、さっそく唐揚げに作ることにした。いや、非常に簡単なので、まず、清酒＋みりん＋減塩醤油を、そうさなあ、2：1：3くらいの割合に合わせ、そこへ、ほんとうにこれは思う存分、たっぷりのおろし生姜をドンと入れて、そこへ一口に切った鮪の血合いを漬け込むこと、約十分ほど。ここから先は、二通りのやり方がある。一つは、そのつけ汁もろともに小麦粉を加えて、比較的重い衣を付けて揚げるやり方。これはたっぷりの油で揚なくてはならぬ。もう一つは、つけ汁から出してバットにでも並べた鮪に、小麦粉（または片栗粉）を打って、薄くまぶしてカリリっと揚げるやり方。今回は、この打ち粉方式で、少量の油でシャロウフライにした。このほうが油の含浸量が少なく、ヘルシーであろうと考えたのだ。そしてできあがったのがこれ。色は黒いが、味はごく上品に淡い味である。しかし、醤油と生姜の香りが立っていて、血合いの生臭さはほとんど皆無、じつにじつに美味掬（びみきく）すべきものがあった。八幡鮨に感謝！

八幡鮨（やはたずし）

住所｜東京都新宿区西早稲田3-1-1

☎｜03-3203-1634

アクセス｜地下鉄東西線「早稲田駅」から徒歩8分

駄菓子 ― 東京

　このところずっと、『謹訳源氏物語』第八巻の校正等に追われて、振り鉢巻き状態でした。さて、ここもとお目にかけますのは、駄菓子であります。昔は、駄菓子屋というものが、学校の近くなどにあって、級友たちはしばしば立ち寄るようでしたが、私ども兄弟はお金というものを持たずに暮らしていたこと（それは私どもの時代には当たり前であった）、それから駄菓子屋に立ち寄って買い食いすることを禁じられていたこと、この二つの理由から、子供時代に駄菓子屋というものに入ったことはありませんでした。それゆえ、駄菓子の味というものは、まったく記憶の中になく、何の懐かしさも感じないのですが、つい最近、近所の中古本屋に行ったところ、レジのところに、こんなものがたくさん売られているのを発見。ははあ、駄菓子屋アイテムだなと思って、ちょっと買ってみました。この下にあるのは、「**うまい棒**」というもので、先日テレビで芸人衆が、どのうまい棒がうまいか、というどうでもいいような評定をしていたのを、ちらりと見たので、どんなにうまいかと買ってみました。が、ちっともうまくないのでありました。手前の「**ココアシガレット**」というのは、私どもが少年時代に、「**シガーチョコ**」という、よく似たものがあって、遠足には必ず持って行って、少年たちは、オヤジの真似をして、「スパーッ」とか口で言いながら、タバコの形のチョコを食べたものでした。それは駄菓子ではなく、ふつうの菓子屋さんにありました。で、そんなものかと思って買ってみたら、これは全然違うもので、一種のキャンディなのでした。これまたちっともうまくはないので、がっかりしました。味はともかく、しかし、こういう疑似タバコ的商品を、子供たちに買わせるというのは、教育上ゆゆしき問題で、こんなことからタバコへの親近感を抱く少年もいると思うと、ぜひやめてほしい、と切実に思います。タバコを撲滅するためには、一に教育、二に教育。タバコを吸うと脳味噌が腐ってしまいますから、良い子の皆さんは、決してそんなことを真似してはいけません。

ORION'S
ココア
シガレット
FAST
FAST FOOD

鮪のハンバーグ——**早稲田**

きょうは、久しぶりに早稲田の**八幡鮨**に行った。そのついでに、私のほうから特にお願いして、また**鮪の血合い**を分けてもらってきた。血合いは刺し身にも鮨にもならないので、たいてい賄いのオカズにして食べるのだそうだが、栄養満点な鮪の血合いは、うまく料理すれば、おいしい材料でもある。以前に、一度これを竜田揚げにしておいしく食べたので、きょうは、まず骨などを取り除き、そのあと包丁でトントンとたたいてミンチにした。そこへみじん切りのショウガ、全卵、玉ねぎのみじん切り、パン粉を混ぜてよく捏ね、さらに胡椒とウスターソース、それに西圓寺味噌を加えてさらに捏ね、小麦粉を付けてよくよく焼いてハンバーグに作ってみた。これが魚肉であることは争われぬことながら、たしかにそれはそれで充分においしいハンバーグになった。この部位は、おそらくDHAやEPA、鉄分なども豊富に含まれているはずだから、これを食べて栄養をつけることにしよう。八幡鮨さん、ありがとう。いただきます。

クリスマスディナー——横田

きょうはクリスマス。横田基地のすぐ近くに住んでいる娘の家で、クリスマスディナーを楽しんできた。

娘婿はアメリカ人の牧師で、いま娘一家はその教会のすぐ隣に住んでいるのである。恒例の七面鳥は、昼食のクリスマス・ディナーで食べた。これは六キロほどの大きさのターキーを五時間あまりかけて焼き上げたというわけで、じつにおいしい。思うに、家禽(かきん)類のなかでも、**七面鳥**ほどおいしい肉はないのではないかと、私は思うのである。味にじっくりと深みがあって、しかも肉質は淡泊で低脂肪、筋繊維はしっかりとして食べごたえがある。これは娘が焼いたものだが、とてもおいしく焼けていた。

私ども夫婦に、娘夫婦、それに三人の息子と一人の(生まれたばかりの)娘、と総勢八人でクリスマスを祝った。教会は敬虔なるバプティスト派ゆえ、飲酒は一切御法度とあって、乾杯もジュースであげ、みな素面(しらふ)で楽しくお喋りやプレゼントの披露やら、楽しく一日が

過ぎる。夕方のサパーには、チャック・ロースト というアメリカ料理で、これは牛の肩肉の塊をクロック・ポットという低温調理鍋で半日ほども煮込んだもの。牛肉はほろほろになってまた独特の旨味がある。きょうはそういうわけで、ついつい食べ過ぎて胃薬のお世話になった。ははは。

旅コラム④

田園の美

熊本から帰ってくる日、熊本空港の近くで撮影した写真である。もともと、私は日本の風景のもっとも美しいものは、稲田である、と思っている。春の代掻き（しろかき）から、やがて田植え、青々と葉が伸び、酷熱のなか穂に花が咲き、爽秋の空のもと黄金色に色づく。さらに、刈った稲を野に掛けたり積んだりして干す（稲塚、稲村、はさがけ、棒かけ、等々地方によりスタイルによりいろいろな呼び方がある）秋景色。それから点々と刈り株の残る晩秋の田、やがて雪が降り、また次の一年を待つ。そういうことが年々（としどし）に循環して日本は美しい四季を迎え送りしてきたのだ。この青田の豊かな風景を見よ。こういう好風景の中に身を置くと、こころがしっくりと落ち着いて、ああつくづく瑞穂の国に生まれて良かったと思うのである。

旅コラム⑤

ああ、秋

このごろの日本は異常な気象がだんだんと普通になってきて、夏はひたすら暑く長く、冬は毎年暖冬ばかりで、ときどき寒波と豪雪、みたいな感じである。そうして、もっとも気持ち良く美しい季節である春と秋は、どんどん短く貧弱になっていくような気がする。ふつうだったらもうとっくに秋風が吹き、秋草が咲く季節になっても、連日猛暑日に熱帯夜というありさまで、いつになったらあの気持の良い秋が来るんだろうと、ずいぶん気をもんだところだった。しかし、暑さ寒さも彼岸までの諺どおり、彼岸の中日を境に急に秋らしく冷涼な日々となった。けれども、こういう気持ちのいい日々は長くは続かない。まもなく暗澹たる霖雨(りんう)や、台風や、そしてあっという間に冬の寒さがやってくる。この写真は、先日豊前を逍遥した折に撮影したものので、秋らしい高い空に、一面秋草の咲き敷く田園、これこそ日本の秋の原風景である。このあたりの田んぼでは、まだ稲刈りは始まっていなかった。が、もう稲穂は実って、秋空によく似合っていた。ああ、美しい秋!

早稲の香や分け入る右は有磯海　　芭蕉

旅コラム⑥

犬山城

名古屋へ赴いて講演をしてきた。今回は、犬山城のお膝元での講演で、『アーネスト・サトウの人生と明治維新』というテーマで一時間半ほど話してきた。例によって車で名古屋往復をしたのだが、道中今が盛りの美しい紅葉やら雪化粧のアルプスやらでおおいに楽しんだ。

犬山城は、明治維新に際して破却されなかった数少ない名城のひとつで、木曽川をあたかも濠のように見立てた風光明媚な立地をもつ。なんでも、この城は、木曽川を隔てて向こう岸から見るのがもっとも絵画的で美しいと聞いたので、講演を終えてから対岸に渡って撮ったのがこの写真である。まるで川瀬巴水の木版画の世界かと思われるような美しい夕景となった。

第三章

飽くなき美味追求の〝旅〟

ブレッド・プディング・クレープシュゼット風

この、いかにも高カロリー風のお菓子、じつはほとんど脂肪分を含まない、わが発明の低カロリー・ホット・デザート。**ブレッド・プディング**の一種である。無脂肪乳に少しだけ砂糖を加え、狐色にしっかりとトーストした食パンを四つ切りにして、充分にしみ込ませる。パンは驚くほど牛乳を吸ってしまうので、大量の無脂肪乳を用意することが肝心である。そして、一〇〇%果汁のオレンジジュースを、さっと手早く潜らせてから（このあたりは相当に手指の技術を要するところ）、写真のようにバットに並べる。残りのオレンジジュースはまんべんなく上からかけてしまう。この黒いものは赤ワインで煮て柔らかくした巨峰干し葡萄。それを適宜まいて後、オーブンで十分に焼く。仕上げに粉砂糖で白く飾るとできあがり。これがちょっとクレープシュゼットとブレッド&カスタードの風味を思わせて、とても無脂肪で作ったものとは思えないから、ぜひお試しを。こういうところにまでよくよく気配りをしてメタボからの脱出を計られてはいかがであろうか。

アップル・クランブル

これはイギリスの代表的なスイートの一つ、**リンゴのクランブル**である。目下のところ低脂肪で作る方法は見つかっていないので、極めて高脂肪高カロリーなるものだから、ダイエット的にはお勧めしない。しかし、おいしいことはまたじつにおいしいので、いわば私にとっては「見果てぬ夢」としてここに掲げたのである。クランブルは、スコンと同じような材料で、小麦粉とバターと砂糖と塩とベーキングパウダーを、よく混ぜて、指先でこなし、それをざくざくとおおまかにまとめてこねる程度で、そのままリンゴの上に乗せて焼くというのがミソ。リンゴは前もって煮ておくことはなく、生のまま小さく切って、そこに砂糖とシナモンをよく振り混ぜ、その生のリンゴをキャセロールに入れて、上からクランブルの生地ですっかり覆い、オーブンでじっくりと焼き込む。そうすると、リンゴは蓋をされた状態で、自らの水分ですっかり煮えて蒸焼状態になり、その水分がまた、クランブル生地と適宜交じりあってなんともいえない風味となる。食べるときは、ごらんのように、カスタードソースをかけて食べるのだが、ただしこのカスタードは、ほとんど甘味を入れないのがイギリス式。たっぷりのミルクティとともに食べると、これがほっぺたの落ちるうまさである。この場合、リンゴは、クッキングアップルであることが望ましいが、日本ではあまり手に入らないので、せめて紅玉で作ってほしい。もし通常のフジなどで作る場合には、酸味を足す意味でレモン汁などを加えるとよい。

リンゴでお茶

久しぶりに、お茶の写真を。このお皿にのっているものは、リンゴを甘く煮たもので、私の大好物。リンゴを皮ごとごろごろとした大きさに切って、砂糖、一〇〇%果汁のオレンジジュース、シナモン、白ワイン、それに干し葡萄と、こう加えて煮るだけのことで、難しい手技はなにもいらない。ただそうやってとろとろと弱火で煮詰めると、こんなに色の美しい**煮リンゴ**ができる。右の蕎麦猪口に入れてあるのは、黒胡椒を挽き入れたプレーンヨーグルト（無脂肪）。食べるときは、もちろんリンゴだけ食べてもいいけれど、よりおいしく食べるためには、イギリス風薄切りパンのトーストに、このリンゴをのせて、上からヨーグルトを一匙かけてパクリといく。相方はもちろん熱いミルクティーでなくてはならぬ。コーヒーでは、せっかくのデリケートなリンゴの香りが死んでしまう。

アケビ

さるところでめずらしく立派な**アケビ**を手に入れた。アケビというものは、野に生(な)って いるところは何度か見たことがあるが、売ってるのを買ったのは、これが初めてであった。さっそく中子(なかご)の実を食べたが、なにせアケビなどろくに食べた記憶がないので、平気で種まで食べてしまった。ところが、この種は食べてはいけないものであったらしく、口中がイガイガとした感じになってしまい、しばらくその不愉快がとれなかった。調べてみると、種を食べると便秘になるとあったが、幸いに便秘にもならず別段の不具合は生じなかった。このアケビの鞘は味噌炒めなどにして食べるとおいしいとあったが、そのイガイガですっかり出ばなをくじかれたせいで、とうとう味噌炒めのほうは試さずに終わった。なにごとも、先達はあらまほしきことなりと兼好法師の教えたとおり。東京育ちは、どうもこういうところの基本的ノウハウが不足しているなあと、いまさらながらに痛感。

スコン

ＮＨＫラジオ第一放送、『ラジオ井戸端会議』という番組に生出演して、アフタヌーンティなどのことを話すことになった。

そこで、昨日、担当のディレクターらが打ち合わせに来た。どうせなら、ちゃんとした**イギリス式のスコン**（スコーンと伸ばさずスコンと短く発音されたし）とキューカンバーサンドウィッチ、それに、本式のおいしいミルクティを御馳走することにして、久しぶりにスコンを焼き、キューカンバーサンドウィッチを作った。写真は、そのスコンに、クロッテッドクリームとイチゴジャムをのせたところで、スコンはこうやって食べるという見本である。

世の中にはインチキなアフタヌーンティばかりがはびこっていて、特にホテルなどのそれはひどい。東京でまともなティを出すホテルなどはほぼ皆無である。どうしてフランス料理の人たちはイギリスのティについてきちんと学ばないでいい加減な自己流でごまかし

ているのであるか、そしてそのくせ法外に高い金を取っているのであるか、理解を絶している。このスコンの作り方は、拙著『イギリスはおいしい』の文春文庫版の「あとがき」に詳しく書いてあるので、誰でも簡単に作ることができる。ぜひお試しを。

なお、載せるものは、クロッテッドクリームがなければサワークリームを用いられたい。甘いホイップクリームなどを使うのは邪道も邪道、大邪道である。

自慢の柿の木

庭にはぜひ柿の木を植えるとよい。この柿は、わが庭の自慢の柿の木に、今年もたわわに実ったもの。今年は生(な)り年と見えて、みっしりと実り、しかもその一つひとつがじつに充実しているのがよろしい。特に日当たりがいいという場所でもないのだが、ただ、台所のゴミをば、ゴミ乾燥機に入れて堆肥風に作り、これを適宜あちこちの木のまわりにうめている。それが良かったのかもしれない。甘柿で、風味はごく宜しい。たくさんの実のうち、屋根に上って手が届く範囲だけは収穫して、それでも食べ切れぬくらいある。一本の木のうちのまあ、三割くらいしか収穫できないので、あとの七割は鳥たちの食べ分、各種の鳥が飛来して、秋の庭はにぎやかだ。この柿は、以前武蔵小金井駅の南に住んでいた時分、その庭にあった木を、ここに連れてきて植えたもの。職人は、移植は無理だと言ったが、無理に頼んで植え替えたところ、ずいぶん休んでから芽吹いた。それが今では亭々たる大木になって、毎年こうやって目と口と鳥たちを楽しませる。げにも柿の木は素晴らしい。

久しぶりのお料理取材

　きょうは、久しぶりに、料理実演の取材があった。『いきいき』という雑誌で、鍋物を中心にして二人前の食事を作ってほしいという依頼だったので、きょうは、**醤油味のちゃんこなべ**と、**五色サラダ**（あご醤油風味ドレッシング）、それに**大根とニンジンの皮のきんぴら**、という献立（掲出の写真は、その鍋のみ）。ふつう、こういう取材は、どこかキッチンスタジオを借りて、フードコーディネーターなどが付いてやるのだが、きょうのは、私の自宅で、なにもかも自前という、編集部にとっては、もっとも金のかからない都合のいい取材であった。

　もっとも、こっちもわざわざ都心まで出なくて済むので好都合なのである。自宅といっても、実際には、新しく造った息子の家を拝借したのである。料理はとてもおいしくできて、終わってから、編集者二人、写真家、そして妻と秘書と私と、六人で、この鍋を平らげた。

大根尽くし

きょうはまた雑誌『クロワッサン』の依頼で、**大根尽くしの料理**の取材撮影。大根をメインにしてどれだけの料理が作れるかということで、これはダイエットとしては最適の料理である。前列左から、大根の梅干し和え、鶏大根、大根の皮とニンジンのきんぴら、左中ほどに見えるのは、大根の葉の菜飯、後列左から、納豆とジャコの大根おろし和え、風呂吹き大根（胡麻味噌添え）、三種類の大根とニンジンの和風サラダ。以上、鶏大根のみは煮込みに時間がかかるので、少し前から煮込んでおいたが、あとは調理時間、すべてで約一時間。

結局、撮影・取材団の全員の分まで合計六人前ほど作って、終わってから全部平らげてしまった。たいへん結構でありました。

なお納豆おろし和えの入っている抹茶茶碗は、私の自作の茶碗である。

簡単フォカッチャ

最近は、自家製**フォカッチャ**を作るのを楽しみとしている。これがまた非常に簡単にできておいしいのだ。

この写真は、その焼きたての姿だけれど、これで一切オーブンなどは使わない。ただ生地をニードして、薄く手延べして、少したっぷりめのフルーティなオリーブオイルをフライパンに入れて、蓋をして両面こんがりと焼くばかりである。作り始めからできあがりまでおよそ十分。これほど簡単でおいしいパンはまたとない。この写真を見ると、あたかも卵黄でも使ってあるかのように見えるが、卵黄もバターも一切使わない。使うのは低脂肪牛乳だけである。だからこう見えて非常にヘルシーだというのも、まず保証つき。

今回はレーズンなど入れてみたが、これまた結構至極。朝食のときになど、下手な出来合いのパンより、出来たてのこのフォカッチャのほうが百倍おいしい。

ラムといんげん

料理というものは決して難しいことではない。あれこれと凝ったことをしても、必ずしもおいしいとは限らない反面、ごく単純な料理にほんとうのおいしさが詰まっていたりする。

ここもとお目にかける写真は、今朝の朝食のメニューで、なーに、別にどうということはなく、ただ、**ラム肉とさやいんげんを炒めただけのもの**である。ラムは、私は朝食で食べることが多い。朝食でラムを食べると、少しも胃にもたれず、すっきりして、しかし満足感があるのだ。というわけで、私は大のラム党なのであるが、この写真の一皿は、ラム肉の脂肪だけで、ほかの油脂分はゼロ。ただフライパンにラムを焼いて、その脂でいんげんを炒めて、塩と胡椒だけで味を付ける。ただそれだけであるが、これがうまいねえ。

白菜鍋

冬は鍋に限る。鍋は、まず体が温まる。野菜がたくさん食べられるので健康上にすこぶる良い。なおかつカロリーは大したことがない。この写真の鍋は、私が勝手に「白菜鍋」と名づけたところのもので、じつは鳥の水炊き風の鍋である。土鍋に昆布と煮干しを数時間漬け置いて低温で出汁をとり、水から鶏の骨付き肉を入れて次第に沸騰させることでスープをとる。こうしてあとは焼豆腐だの大根だの、いろいろな野菜が入っているのだが、この写真では見えない。すべてを入れて煮てから、その全体を覆うように山東菜（葉の黄色い白菜）をたっぷりと載せてぐつぐつ煮てある。この真黄色な色の美しさ。こういう白菜は最近あまり青果店では見かけなくなったが、その風味、やわらかさ、そして甘味、癖がなく、最上等の白菜はこれである。漬物にして最高にうまい白菜だが、こうして鍋にしても一級である。あとはただこれをポン酢などで食べるだけであるが、鍋を煮ているだけで部屋中が加湿され、良い香りで満たされる。じつに鍋は徳の多い料理である。

だしとコンニャク

正月のテレビはしょうもないけれど、たまたま寝そべって見ていたら、松岡修造の『くいしん坊！　万歳』の回顧編をやっていた。そこで、山形の郷土料理の「だし」というものを作っているのを見た。

作り方は至極簡単で、要するに各種野菜を生でみじん切りにして醬油をかけるというだけのものなのだ。いろいろな野菜を入れることで、野菜から自然の出汁が出るから「だし」と呼ぶのだそうである。さっそく、きょうそれを真似て作ってみた。

冷蔵庫を探ったところ、白菜、キュウリ、人参、茄子、生姜、柚子などがあったので、ともあれこれらをみなみじん切りにして、まな板の上でよく叩き、減塩醬油と、柚子を搾って少々風味を加えた。で、それが次ページの写真であるが、これがほんとうに不思議なほどにおいしい。あいにくと今は冬のさなかだが、これを、茗荷だとか青じそなどを加えた夏野菜で作ったらさらにうまいだろう。家によっては昆布など入れる場合もある由だ

から、ちょうど今うちにある「がごめ昆布」などを少々加えたら、ネバがよく出てさぞうまかろう。

料理というものは、複雑なことをすればおいしいというものではなく、極意は、いかにして素材の旨みを活かすか、そこにかかっている。写真の向こうの鉢は、糸魚川の手作りコンニャクの煎り煮である。これまた最高にうまいにもかかわらず、カロリーはほとんどゼロ。結構至極なる逸品。

サツマイモ讃

どうもじつに、サツマイモというものはうまい。この写真は、**鳴門の金時**をば、甘く煮たものであるが、色も良し、香りも良し、また味も良し、ついでに食物繊維やビタミン豊富で、しかもカロリーは比較的に低いという、結構至極の食品がサツマイモである。

サツマイモは焼き芋にしてもむろんうまいけれど、このように甘く煮たものは、作るのが容易で、しかも食事のときのおかずにもなるからありがたい。

芋の中では、サツマイモがもっとも煮易いもので、ジャガイモなど違ってすぐに柔らかくなるし、味も付けやすいから、失敗ということはまずない。芋など食わぬなどという偏屈なる男がいるのは、まことに解しがたい。

豆腐の天ぷら

揚物は原則として食べないことにしてはいるのだが、ときどき無性に食べたくなる。で、きょうは、**豆腐の天ぷら**を作って食べた。これは木綿豆腐を一口に切って、軽く塩して、ペーパータオルに挟んで軽く重石をかける。こうすると水気が抜けてしっかりしてくる。塩味はしっかりと豆腐にしみ込んでいるので、さっと洗って余分の塩を落とし、またすっかり水気をふき取ってから、小麦粉を冷水で溶いただけの衣につけて比較的高温でからりと揚げる。

これがね、サクサクして、淡い塩味があって、じつにおいしいのであります。禅寺の精進料理というか、あまりのうまさについつい食い過ぎて、今日は胃が重い、ははは。

ハマグリのようなシジミ

まず、このシジミの巨大なことをご覧いただきたい。隣に置いた五百円硬貨と比較すると、その巨大さがわかるというものだ。

江戸時代の物の本には、**シジミ**もしかるべき場所でよく養いたてるとハマグリほどの大きさになる、と書いてあるのだが、まさか、シジミがハマグリにはなるまいと思っていたところ、きょう、さるところで、ふとこの巨大なシジミを見つけて、吃驚した。なるほど江戸時代の人は嘘は書かなかったのだなあと、いまさらながら脱帽である。

このシジミは青森県産とあったから、いずれ十三湖かあのあたりで産したものかと思われる。これほど大きなシジミは見たことがなかったので、さっそくシジミ汁にして食おうと思ったが、作ってみたら、なんだか機械油のような臭いがしてちっともおいしくないので、食べずに捨てた。巨大なシジミ必ずしも美味とは言えないということである。

500

たまには豪勢に

景気付けのつもりもあって、巨大なる**インドマグロのカマ**のところを買ってきて、これをローストして喰った。

この皿は三十センチくらいある大皿で、そこからもドンとはみ出るほど巨大なカマのロースト、これはちょっと料理に手間がかかった。まず、すっかり中まで火を通すには、一時間十五分くらいは焼かなくてはならぬ。とかくマグロは生臭いけれど、きちんと下処理をして手抜きせずに作れば、非常においしくもできる。

いや、まことに結構なるお味でありましたが、じつはこのマグロは、二キロほどもあって、たったの五百円であった。みんなどうやって料理したらいいかわからないから買わないのであろうかな。

超長茄子（ながなす）

野菜というものはまことに面白い。ここもとお目にかけるのは、ご覧のような**超長茄子**。これはたしか長崎あたりの産であったかと思うのだが、ともかく、長い！　写真の皿は三十センチほどの差し渡しのある皿だから、おおかたこの茄子は五十センチ以上もあるに違いない。

ああ、しまった、喰ってしまう前に、ちゃんと長さを計測しておくのであった。で、この茄子は、オリーブ油で焼いて食べたのだが、味はまったく普通の茄子で、季節が早いせいもあって、アクはまったくなく、いささか甘さも感じられる上等美味なる茄子であった。

こういう滅多と見かけることのない野菜を手に入れて、さあ、どんな味かなあと想像しつつ料理する、そこに一つの大きな楽しみがある。

ゴーヤの初収穫

　この写真日記に、随時御報告をいたしておりました、わが家のグリーンカーテン用のゴーヤに、四つほど実がなり、そのうちの三つが完熟いたしましたので、きょう、初めて収穫しました。

　ご覧のように、すっかり熟して黄色くなっているのもあります。こういうのはきっと種は真っ赤になっているものと想像されますが、沖縄の人に聞くと、その種は、「沖縄バイアグラ」と異名をとるほど強力なる精力剤なのだそうです。が、さて種をどうやって服するのでありましょうか、肝心のそこのところを聞きそびれたために、いまだに服したことがないのであります、残念。しかし、経験上わかったのは、ゴーヤは非常に無駄花が多いということで、蜂もたくさん来ているし、人工受粉も試みたにもかかわらず、ちっともならないという感じがあります。まあ十二本植えて四つなった（一つはまだ小さいので未収穫）となると、まあまあとせねばならないかなと思っているところです。そして、ゴーヤという植物は、

非常に大量の水を吸うので、水をどんどんやらないと葉っぱがしおれてしまってあまりカーテンの役に立たないということもわかりました。それゆえ、来年は、ゴーヤではなくて、朝顔にしたほうがいいかもしれないと思っているところであります。なおこの三つのゴーヤは、たぶん、「しりしり（擦り擦り）」と呼ばれるジュースにして飲もうかと思います。

これぞ沖縄バイアグラ！

さて、この真っ赤なインゲン豆のようなものはいったい何か。これぞ、わが手許で育てたグリーンカーテンのゴーヤの、その**完熟した実の種**である。

ゴーヤというと、緑色で、中に白い綿のようなのがあって、その中に白い種がある、とそう思っている人が多かろうけれど、これが完熟すると、外は黄色くなり、中の綿は溶けてどろどろの粘液状になり、そして種はこのように真っ赤な豆のようになる。

しこうして、この種を食べてみると、周囲のゲル状の部分は、甘くてちょっとだけ酸っぱくて、じつにおいしいものだと発見。沖縄の人の言うように、果してこの種は沖縄バイアグラという呼び名に値するくらいの精力剤であろうか。きょうは二、三個食べてみたが、さてほんとうであろうかなあ。ははは。

甘酒三昧

このごろは、**甘酒**を非常に愛好して、毎日作って飲んでいる。甘酒といっても、本格的に醸（かも）して作ってるわけではなくて、酒粕を煮て作るのである。これが作ってみると、銘柄によってずいぶん舌触りも風味も違う。目下ベストな酒粕は、『A（特に銘柄を秘す）』という銘酒の粕で、これはフルーティな風味と、かなり強めのしっかりしたテクスチャーが大変に飲み心地が良い。しかし、それは滅多と手に入らない酒粕なので、残念ながら、もうなくなってしまった。そこで、目下のところは、『D（これも特に銘柄を秘す）』という中国地方の銘酒の粕で作って飲んでいる。酒粕は栄養的にも素晴らしく、また免疫力を増強するというので、健康ドリンクである。甘酒というとなんだか冬の飲み物みたいだけれど、さにあらず、季語としては夏の季語である。これを冷たく冷やして飲むと、夏には好適、あのフウフウ言って飲む熱い甘酒とは格別の暑気払いになる。さてと、これからまた、おやつに一杯やるかな。

料理の仕事

きのうは、久しぶりにまた料理の仕事をした。今回は、雑誌『クロワッサン』の依頼で、簡単でおいしい料理ということで、秋らしい素材ということを意識して作った。

献立は、煎り豚肉と枝豆とパイナップルの洋風ばら寿司、セロリと茹で鶏と梨のサラダ、茄子の味噌粕煮、ジャガイモと豆乳とキノコのポタージュ。まあ、こう書くといろいろ大変なようだが、料理そのものはいずれも簡単で、雑誌取材のための写真撮影などがなければ、全部で三十分もあればできる。

どれもとてもおいしくできてよかった。

自家製いちごジャム

夏はいつも信濃大町の山荘暮らしなのだが、八月の十日から十日間ばかり東京に戻り、猛暑と戦いながら、雑用をせっせと済ませ、また頼まれた講演なども終えて、ただちに山の家に戻ってきた。たった十日ほどの違いだったが、安曇野の早稲の田はもう黄色く色づきはじめていて、赤とんぼは飛び、ススキも出始めている。信州の冷涼な気候の中では、秋の訪れが早い。もう半袖半ズボンでは寒いので、秋の服装に変えたところである。

ところで、この八月お盆前後になると、地元の農産物直売所にはいろいろと楽しいものが並ぶ。甘い甘いとうもろこしなどもその楽しみの一つだが、もう一つは、名残の小苺、とでもいうようなカワイイ小さな苺が、たくさん、それも驚くような廉価で売られるようになる。

これを山のように買ってきて、**いちごジャム**を作るのもここでの楽しみである。洗ったり蔕（た）を取ったりする作業は大変だが、砂糖と赤ワインだけを入れてコトコトと煮る。途中アクをとることをこまめに、それでできあがったのをガラス瓶に密封してすっかり冷えると、天然のペクチンが固まって、とてもおいしいジャムができる。ただいま、このジャムを毎朝楽しくトーストにのせて食べているところである。

干し大根

この大根の宙づりは何かというと、ただいま自家製の**干し大根**を作っているところである（156ページ、自家製沢庵の頁参照）。また糸魚川のほうから、たくさんに良い大根をいただいたので、先日も思い立って干し大根を作ってみた。なに、原理は簡単で、こうやってワイヤーのハンガーに紐で宙づりにして、軒先に干しておくだけである。これが十日もすると、ほどよく干し上がって風味がますます良くなるのはじつに不思議なくらいである。で、その干した大根を、今度は自家製の長らく育てているおいしいぬか床に漬ける。すなわち、こうやって沢庵を作るわけである。ぬか床は、冷蔵庫で管理しているのだが（一年中）そうするとゆっくりゆっくりと糠発酵が進んで、まず二週間くらい漬けておくと、ちょうど良い味になる。自家製のぬか床は、塩分を低く抑えて、そのぶん温度を低く管理しているのである。こうして作った自家製の沢庵の美味極上なることは、ちょっと比類がない。で、それに味をしめて、再び干し大根を製作中というわけである。

自家製沢庵

　毎年、秋になって、三浦あたりの良い大根が出回るようになると、私の家では決まって**沢庵**を作る。なに、沢庵といっても別になんということはない。まずこれを紐で縛って、二階の軒下に吊るして干しておく。もし雨が降ったら室内に取り入れて濡れぬようにしておく、そこがちょっと面倒だ。白くつやつやとしていた大根が、晴天十日くらいで、シワシワの沢庵的相貌に変じてくるので、そしたら軒下からおろし、今度は、糠床に漬ける。この糠床は、今年で三十年になる秘蔵愛玩のそれで、大きなタッパーに入れて養っているのである。もとは結婚当初に、母がもう何十年と養っていた糠の一部をもらって種糠としたのをかわいがっていたのだが、一家でイギリスに行ったことで一時断絶、その後また帰国してから母の糠を再度もらって育て、今にいたっている。これを、一年中冷蔵庫の中で静かに寝かせているのが一つのコツで、現在の自宅は二階に台所があるので、気温が高過

ぎて室温で糠床を管理するのは特に夏場に難しい。折々に糠を足し、たまった水は抜き、味を増すためにときどきヤクルトなどを投入したり、秋なら庭で生った柿（まったく無農薬）の皮を剥いて混ぜ込んだりする。これでじつに味の良い風味豊かな糠床が育つ。この自慢の糠床に干し上げた大根をそっと漬け込んで、それからだいたい二週間ほどで、ちょうど良い頃合いになる。なんの色素も加えないのに、写真のような淡い黄色になるから不思議である。味は塩味・甘味・酸味がバランス良く調和し、自然で奥深いまことに好風味となる。この自家製沢庵を食べてしまうと、買ったものはとても口に合わなくなる。大した手間でもないので、毎年そうやって沢庵を作るのが冬場の楽しみである。

柿コンポート

ことしは、例年になく庭の柿が大生りをした。三百個も生ったろうか、枝もたわわに、しかも一つひとつの実も大きく、かつ甘く、驚くほどの好成績であった。自分の家ではとうてい食べきれないので、何人かの知人にも配ったりしたが、それでもまだダンボールにいっぱい残った。このまま置いておけばやがて腐ってしまう。しかし、せっかく柿の木ががんばって恵んでくれた柿を、腐らせては申し訳あるまい。

そこで、私はこれを**コンポート**にして瓶詰めとして保存することにした。柿だけでは酸味がないので味が薄い。そこで、折りしも到来していた紅玉りんごをプロセッサで粉砕して混ぜ、なおかつレモン汁と赤ワインもたっぷり加えて煮た。そうして熱々のところを瓶詰めにして密封したので、これで当分保存がきく。

食べてみると、甘味、酸味、そしてちょっとコリコリっとした歯ごたえも楽しく、なんともいえない好風味となった。これを毎朝のトーストにのせて食べているが、一方、写真

のようにヨーグルトを添えてみても、なかなか楽しいデザートになる。ぴりっとさせるために黒胡椒をひいてかけると、これがまたデザートとしてはじつにおいしい。こんなおいしい甘柿を山のように恵んでくれた柿の木には、今年はお礼肥えでもやらなくてはならないかと思っているところである。

リハーサルとハヤシライス

だんだんと金沢コンサートの日も近づき、いよいよ今日がひとまず仕上げのリハーサルということになった。

今日は東京の拙宅に、北山ドクター、バンドネオンの力石さん、そしてピアノの五味君と集合して、ひと通りの曲目を試みた。私自身は、まだまだ仕上がるところまで到達せず、これからひと汗かいて努力しなくてはなるまいと思っているところである。

が、北山ドクターは、もう本番さながらの万全の仕上がりに近く、堂々たる歌声にはうならされた。ぜひ、私もこういうふうに歌いたいものだと、密かに期するところがある。

リハが終わったあとは、私の手料理にて夕食をともにした。

きょうのメニューは、まず**林特製ハヤシライス**、とまあ洒落のようだが、もともとこのハヤシライスというのは、丸善の早矢仕有的（はやしゆうてき）が考案したものとされているので、林望が

作ってハヤシライスというのは、別に洒落でもないのである。このハヤシライスは二日がかりで念入りに作ったのでかなり手間ひまがかかったが、それなりにおいしくできて、皆さんに喜んでいただいた。それからコールスローこれはイギリス定番のキャベツのサラダである。手前の鉢に入っているのは、筑前煮で根菜を主とした煮物ゆえ、三つ揃えて栄養的に万全を期したというところである。

さあ、これからまた練習、練習。

あんこまパン

さて、金沢のコンサートを無事終えて、次は日田市鶴河内にある、井上邸滴翠園ホールでの「井上邸壱世紀記念コンサート」である。今回は、なつかしい叙情歌の二重唱が中心で、お相方は、テノールの勝又晃君。伴奏は、いつものとおり五味こずえ君である。

そこで、その最後のリハを二十日に行った。まあまあ、声の調子もよろしく、勝又君とのデュエット「デュオ・アミーチ」はもうずいぶん経験を積んだことでもあり、楽しく合わせることができた。独唱曲も楽しく歌い通すことができたのは、一つの収穫であった。

リハに先立って、私の手料理で「まかない」を供したが、今回は、サンドウィッチでの軽食とした。手前の石皿には、ポテトとキューカンバーの、真ん中の印版の皿にはスクランブルエッグ、ツナとフライドオニオンの、それぞれサンドウィッチがのせてある。キューカンバーは加賀の太胡瓜を用いてイギリス風に仕立てた。そうしていま勝又君と私

が手にしているのが、本家本元『**あんこまパン**』である。考えてみると、歌では何度も歌ったけれど、彼らにこの「あんこまパン」を御馳走するのは、これが最初であった。幸いに、二人とも、おいしいおいしいと言って平らげてくださったのは、まことにありがたいことである。この「あんこまパン」の作り方については、拙著CDブック『あんこまパン』をご参照願いたい。

ラムのミルク煮

そもそも私はラムという肉を愛すること、並々ならぬものがある。純粋に「肉の旨味」という観点からすると、これは疑いなく、ラム⇒豚⇒鶏⇒牛という順序になるだろうと思うのである。しかしながら、ラムは独特の匂いがあるので、苦手という人もあるかもしれない。この匂いも、私には「香り」という風に感じられて少しもイヤではないが、とはいえ、なにかこう新しい食べ方はないだろうかと、かねて思っていた。もともと、私はラムを食べるときは、ブラックソルトと黒胡椒だけで味を付けて、ソテーするだけの、シンプルな食べ方をもっとも佳しとするのだが……。

すると、きょう天啓のごとくひらめいた調理法がある。「そうだ！　牛乳だ」というので、私はこれを**ミルク煮**という方法で煮てみたのが、この写真である。いやあ、われながら、これは頗るの上にもう一つ頗るがつくくらいおいしい。作り方は簡単で、フライパン

にたっぷりのミルクを入れ、そこにラムの薄切りを入れてしばらくミルク茹でにする。一方、ほんとにこれはたっぷりの生姜を千切りにして置く。さて、ラムに火が通ったら、一度ミルクから出して包丁で細く切って、今度は生姜の千切りと一緒にその茹でていたミルクに戻し、味付けは、濃い口醤油、砂糖、そして鷹の爪の輪切り、と、これはちょうどスキヤキくらいの味付けにする。まあ、味加減がわからない人は、「スキヤキのタレ」でも買ってきて入れたら簡単かもしれぬ。で、これをすっかり水分がなくなるまで、よくかき混ぜながら煮詰める。その結果が、上記の写真であるが、この風情から想像するとおり、牛乳の味はどこにも残っていなくて、ただほんわかとした旨味だけが残っている。そしてなぜか肉が柔らかく仕上がるのは不思議である。嘘だと思うなら、どうぞお試しあれ。

空芯菜の花

じつはこのところ非常にタイトなスケジュールに追われていました。その最大のものは、やはり『謹訳平家物語』の初校と再校という仕事です。校正といっても、この『謹訳平家』は、朗読テキストというのがコンセプトなので、ふつうの本のそれとは、ちょっとやり方が違います。そもそも、原稿も第一次草稿を書き上げると、それを朗読しながら、推敲していきます。読んでみて、リズムの合わないところはないか、もっと美しい音律はないかと模索しながら、この推敲だけでも二日くらいかかります。こうして完成稿ができると、ベテランの校閲者の元に回し、そこでさまざまの問題点の指摘を受けて、これを初校のときに修正していきます。この初校のときにも、すべて朗読しながら、極力文章を洗練するべく努力します。そして再び校閲者に戻して再校が出ます。再校もまた、朗読しながらやっていくのです。草稿から再校を上げるまでに、何度も声に出して読んでみて「朗読テキスト」としてのブラッシュアップをしていくわけです。不思議なことに、黙読しているだけでは気付かない不具合に、朗読すると気付くことが多いのです。それだけテキストに集中するということなのでしょう。だからこの本は、黙読しないで、ぜひぜひ朗々と音読してほしいと思っています。ともあれ、『謹訳平家物語』は、全四巻、ついに完結し、まもなく印刷にとりかかります。

やっと少しだけ時間ができたので、また信濃大町の家に来ています。まだ少し早いのですが、いくらか紅葉が始まっています。今日、金沢から北山ドクターも来村して、また二人で歌の稽古に励みます。そこで昨日、大町のスーパーで買ってきた地元野菜の**空心菜**を、今朝の朝食で食べようと思ったら、なんと、ピンク色の可憐な花がついていました。

かわいいので写真に撮りましたが、食べてみたら、茎のところは固くて歯が立ちませんでした。花が咲くようになっては、つまり「薹（とう）が立ってる」ということなんですね。

昆布食パン

大阪淀屋橋に神宗（かんそう）という昆布の老舗がある。その御主人尾嵜（おざき）さんはさすがにおいしいものが好きで、タバコが嫌いで、しかもお酒を飲まない、ときているので、近頃すっかり意気投合し、同社の広報雑誌に料理を作ったり、またご主人と対談をしたり、さらには、同じく名高い料理人にして、やはりタバコ嫌いで下戸という祇園浜作（はまさく）のご主人とも一緒に料理談義をしたり、ずいぶん面白いことになっている。

さて、その広報雑誌に、同社の塩昆布を用いた料理を作ってほしいという依頼を受けて、何品か作った。

●蕎麦米の野菜餡かけ、昆布風味
●塩昆布入り、甘酒と豆乳のアイスクリーム

というのがそのとき作った品目だが、実はそのほかにもアイデアがあった。一つは、衣に昆布を混ぜて揚げた豚ヒレ肉の竜田揚げであるが、これはおいしかったけれども、雑誌

には出さなかった。

もう一つが、ここもとお目にかける「**昆布食パン**」である。

なに、作り方はごく簡単で、同社の塩昆布を細かく切って、粉に交え、自動パン焼き器で焼くだけのことだから、どうってことはない。しかし、その取材のときは時間がなくて焼くことができなかったので、きょう、作ってみた。すると、あら不思議。この神宗の塩昆布は塩気だけでなく甘みもあるので、食パンもふんわりと瑞々しく、なおかつ塩気と甘みがバランスよく仕上がったのは期待以上であった。昆布の薫りは幽かにするが、パンの芳香を邪魔することはなく、ただ、ほのかに旨味が加わったという感じであろうか。とてもおいしい食パンになった。

もし興味がおありの方は、大阪神宗の塩昆布（細切り）を買い求めて（通販で手に入る）ぜひ試しに作ってごらんになるとよい。

私の朝食

　きのう、『サライ』という雑誌に頼まれて「私の朝食」という取材を受けた。しばらく前にも、別の雑誌で同じような企画があり、それにも出たので、やや重なるところが避けられないけれども、まあ朝食はそれほど変ったものは食べないので、少しだけ変化をつけて出すことにした。今回の献立は、ほんとに毎日の朝食というのに近く、ご覧のように、ソーセージとブロッコリの茹でたのが主菜で、そこにフルーツトマトをサイドディッシュとしてつけた。これには「便利で酢」という、トキワという会社の作っている調合酢と黒胡椒がかけてある。この食べ方はトマトの調理法としてベストではないかと、私は密かに思っているところである。主食としては自家製食パンのココナッツオイル焼き、それに自家製柿コンポートをジャム代わりに添えた。

　左上に見えているのはデザートで、これは「**デコポンのピザ**」である。なに、出来合いのピザ台に、デコポンの実を剝いて散らし、そこに砂糖と黒胡椒を適宜蒔いてから、低脂

肪の融けるチーズをのせて、二五〇度で六分ほど焼いた、それだけのものだが、これがまたじつにおいしいデザートである。たまたまピザ台とデコポンがあったので、試しに作ってみたら大成功であったという次第。どうか皆様もぜひ、夏みかんや伊予柑などでお試しあれ。

ほかに、飲み物はミルクティ、そして無脂肪ヨーグルトとヤクルト400を一本。

実際には、この朝食は二人前である。

ルバーブのコンポート

ふつうのスーパーではまだあまり見かけないが、**ルバーブ**という植物がある。これが、見た目は軸の赤い蕗といった風情なのだが、煮るとまるで苺のようなフルーツの味、というじつに不可思議なもの。これについては『イギリスはおいしい』に縷述（るじゅつ）してあるので、ぜひ御一読願いたく……。

さるほどに、このほどある方から、富士高原にて栽培されているルバーブをたくさん頂戴するという幸いを得た。さっそくこれに砂糖と赤ワインとシナモンと、若干の黒胡椒を加えて色も美しいコンポートを作った。なにぶん蕗の軸のようなものだから、切っているときはザクザクとしてなかなか繊維が強く、怖い感じのテクスチャーなのだが、これを煮るとあっという間にその繊維がほどけてフワフワになってしまうというところがまた、じつに不思議である。それゆえ、あまり煮過ぎるとすっかり形が崩れてしまうし、酸味が弱くなっておいしくない。あまり煮過ぎないところで、ジューシーなコンポートに作り、これを瓶詰めにして保存すると日もちもするし、じつにおいしいものである。
ルバーブは大黄（だいおう）という漢方の下剤の一種で、イギリスでも、もともとはそういう薬草として食べられていたものかと思うが、いまはまったくフルーツのように愛好される。全体に爽やかな果実的酸味が豊かなのは、おそらくクエン酸やリンゴ酸を含むのであろうし、赤い皮は葡萄の皮などと同じようにポリフェノールを含有するものと想像される。ただ、苺などと違って、糖分は含まれないので、煮るときは、苺などよりも多めの砂糖を入れる必要がある。

こうして美しくでき上がったルバーブのコンポートは、毎朝のトーストに、あるいはヨーグルトに添えて、または豚肉のソテーの薬味として、あるいはカレーを作るときのチャツネ代わりにと広く使える。煮え立っている熱々のをそのまま瓶にいれ、即座に固く蓋をして室温になるまで放置し、そのあと冷蔵庫で冷たくして保存すると長期にも保存できる（冷ましてから瓶詰めしては日もちしないので御注意）。

バター不使用のショートブレッド

かねて、**ショートブレッド**というお菓子は、私の愛好すること深きものであるが、おいしいけれど、めったやたらとカロリーが高いという欠点がある。なにしろ、組成からして、全体の三分の一はバター、六分の一は砂糖、というのだからしかたない。おいしいものは体に悪い、そこをどうクリアーするか、私はまた灰色の脳細胞を運転することしばし、ついに良いことを思いついた。

バターに代えて、オメガ3脂肪酸に富むココナッツオイルを使ったらどうか。また小麦粉に三分の一くらいきな粉を交えたらどうか、この二つのアイデアを、さっそく実行してみたところ、見事に成功したので、ここもとご報告する次第である。

ショートブレッドの製法・材料については、拙著『ホルムヘッドの謎』(文春文庫)に詳しく出ているのでご覧いただきたい。その材料の小麦粉三〇〇gのところを、小麦粉二〇〇g＋きな粉一〇〇gに変更し、バター二〇〇gに代えて純良なココナッツオイル二〇〇g

とする。あとはほぼ作り方は同じだが、ココナツオイルには塩が含まれていないので、必ず塩を一つまみ加えていただきたい。さらに、ココナツオイルの香りが強過ぎるといけないので、シナモンを若干加えてみた。

焼き時間は、今回は生地の厚みを七ミリくらいで作ったので、一八〇度で十五分とした。こうしてじっくりと焼き上げた結果、これはまた見事にショートブレッドが完成。食べてみると、さくさくしてなんともいえぬ美味、これでバターなしとはとうてい思えない。ココナツオイルの香りもちょうどいい程度に感じられ、シナモンと良いバランスとなった。これならいくらでも食べられる。きな粉でカリウムやイソフラボンなども取れるし、これは健康志向のショートブレッド、どこかのお菓子屋さんが作って売り出してくれるとよろしいのだが。

旅コラム⑦

オペラMABOROSI

甲府市の甲府コラニー文化ホールの小ホールで、新作のオペラ「MABOROSI」の初演が行われた。これは、二年ほど前から計画が進み、私が台本を書き、二宮玲子さんが作曲をし、松本重孝さんが演出を担当するということで初演に向けて稽古が進んでいたものである。写真は、その本番当日、舞台を背後に撮影したもの。

この作品は、源氏物語の「御法（みのり）」「幻」の両巻、つまり源氏の最晩年と紫上の死を描くところだけを抽出して脚色したもの。しかし、この両巻は、源氏物語のなかでも、もっとも哀れ深いところで、原作の中でも名文で綴られている。

第一幕は御法、すなわち紫上の死去の場面。第二幕は幻、すなわち紫上死後の一年間、源氏が悲しさに呆然として過ごす一年間を描きとおす。作曲はまことに卓抜で、オーケストレーションも見事なものであった。昼の部、源氏本岩孝之、紫上小林沙羅、夕霧布施雅也、中宮鵜木絵里ほか夜の部、源氏・鹿又透、紫上・佐藤路子、夕霧・山本耕平、中宮・二見麻衣子ほかというダブルキャストで上演された。松本演出の手練、また裏方を支えたThe Staff社の職人技、そして指揮者・小森康弘の熱演も見事であった。

新作ながら、これで終わりというような作品ではなく、きっとこれから全国であるいは世界に打って出ての再演再々演など、日本オペラのスタンダードになっていくように、ますます努力精進を重ねたいと思う。

旅コラム⑧

武蔵野

『謹訳源氏物語』の成就に向かって、日々斎戒沐浴、文字どおり謹んで源氏に向かい合って過ごしている。なにはともあれ、健康を保持するために、毎日四キロの強歩行を欠かさないのだが、そのおかげで、小金井中を歩き回っていろいろと発見がある。この写真は一見すると鬱蒼たる原生林のように見えるが、実は都立小金井公園の中に保存されている武蔵野の雑木林である。私が子供のころは（武蔵野育ちなので）到るところ、こんな林が残っていて、このいまはフェンスで囲まれて立ち入り禁止になってる雑木林も、当時は自由に遊び回ることができた。この厚く積もった落葉の音や匂いは、いまも懐かしく思い出される。小金井は、あまりぱっとしない町だが、ただこういう風景を目にするとき、ああ良い町に住んでいるなあ、と嬉しくなる。

第四章

遠方より美味来たる

素晴らしい野菜——新潟・糸魚川

息子のお嫁さんのご実家は、新潟県糸魚川の農家で、お父さんは天下一品のおいしくて安全なコシヒカリを作り、おばあちゃんは、これまた素晴らしい野菜作りの名人。この写真の堂々たる**胡瓜**は、そのおばあちゃん作の名品で、こんなに大きくても中の種はまるで口には触らない。この全部が、つまり、みっしりと果肉なのだ。昨日も、こういう手塩にかけた見事な野菜をたくさん頂戴したのは、野菜ばかりたくさん食べる私どもには、なによりありがたかった。そこで、この胡瓜を一本、薄く小口に切って胡瓜揉みにすると、夫婦二人には多過ぎるくらいの量ができる。これが青臭くもなく、はりはりとしっかりした歯ごたえがあり、あまつさえ、いささかの甘味さえ感じられて、こんなにおいしい胡瓜は、東京のスーパーでは決して手に入らない。しかも、なにしろ朝もぎの新鮮なところを急送してくださるから、その美味はなんとも言えぬ。きっと栄養も満点なることであろう。まことにありがたいことと感謝しつつ、これらの野菜を、今朝も山のように食べたところで

ある。

（後記）この胡瓜を作っておられたおばあちゃんは、その後亡くなられた。

ブルーベリー——東京・青梅

知人に青梅の山持ちがいて、その山でたくさんのブルーベリーが採れるそうである。それで、摘みたての新鮮なブルーベリーを山のように頂戴した。私は、その実をさっそく甘いコンポートに作った。作るときに、三温糖と、少しばかりフランス国シャトー・ナニガシの赤ワインを加えた。この赤ワインも、誰かから贈られたものだが、なにしろ私の家は誰も酒を飲まないので、どんな高級ワインでも猫に小判。あえなく料理用として使われてしまうという結果になる。それでもまあ、**ブルーベリー・コンポート**になったのは、多少フランスワインらしい用途であったかもしれないから、以て瞑すべしというところか。で、これを瓶詰めにして、よく冷やし、プレーンヨーグルトに和して食べると、まことに結構なるデザートになる。うむ、目に美しく、鼻に芳しく、そして口においしい。なお目の養生になり、ヨーグルトは腸の薬と心得て、さっさといただいた。医食同源、善哉(よきかな)善哉！

正真正銘の国産松茸――岩手

ここもとお目にかけまするは、これぞ正真正銘、保証付きの**岩手県産松茸**でござります。さる友人が、岩手の実家から送ってきたからというので、ありがたくもおすそ分けに与ったのである。さっそく、これはぜんぶ松茸ご飯にして食べてしまったが、松茸の香りは、炊きたてだけでなくて、ご飯が冷めても、またそれを電子レンジで温めても、決して消えない。すごいものである。そうして、松茸の香りに似せた匂いは人工の香料でも付けることができる、とはいうものの、香料の香りは所詮香料であって、天然の松茸の香りとは格段の違いである。どこが違うといって、やっぱりこの品格が違う。天然は、これみよがしなところが皆無で、ふんわりと鼻の奥のほうへさしのぼってくるが、人工のは、鼻先にべったりとひっつく。それにしても、この岩手の山で採れた松茸のおいしかったこと。合掌。感謝。

愛宕梨（あたごなし）の風格――大分

『徒然草』のなかに、友とするに良きものとして、「物くるる友」というのがある。なにか良い物をくれる友人は、持つべきものだということである。

さるほどに、きのう、大分の知友が、御当地の名産たる「**愛宕梨**」というものを送ってくれた。梨は今頃はもう季節がずいぶん遅く、ほとんどの梨は終わってしまったが、その頃になって出てくる晩生のものには、新高などのように巨大なものが多い。この大分の愛宕もその尤物（ゆうぶつ）で、見よ、私の顔と同じくらいの、堂々と壮大なる佇（たたず）まいの梨である。これが、食べてみるとまことに瑞々しくて果肉のきめ細やかなところが、ちょっと洋梨の雰囲気も感じさせる。なにしろこの梨は、かなり大きな段ボール箱にたった四つしか入らないほど大きいが、当たり前の梨の四つ分ほどの量があるので、それで通常の梨十六個分に相当する。水戸のコンサートを目前にして、咽喉や気管支の特効薬的食餌たる梨を頂戴したのは、まことに嬉しい。

お茶漬け鰻──京都

今日はまた、京都縄手三条南「**かね庄**」**のお茶漬け鰻**を送ってくださった方があって、まことに嬉しい。この鰻は、おそらく天下一品の美味といっても間違いないと思うくらいの、なんともいえないおいしいものであるが、ただそれがおいしいというだけでなくて、私にとっては、懐かしい師匠の想い出に繋がるというところも嬉しいのである。

昔、私がまた慶應の大学院生だった頃の話だ。先師森武之助先生は、人も知る食通酒通であった。で、私が京都へ出張調査に出かけるに際して、「三条京阪の駅からちょっと南に下がったところにな、『かね庄』という店がある。なーに、行けばすぐわかる。ここの店の『お茶漬け鰻』を買ってきてくれないか」とそう言って、先生は私に五千円を手渡された。その金額まではっきり憶えているのだが、思えばあれはもう三十年もの昔になる。私は言い付かったとおり、その店の「お茶漬け鰻」を先生の分五千円、そして自分用にも同じように買って帰った。食べてみると、この濃厚な色にもかかわらず、味は決して濃過

ぎないのは、まったく不思議なくらいで、その風味は舌の上の幸福というべき味であった。以来、京都に行くと必ずこれを買い求めてくることにしている。ここ三十年来、ほとんど値段が変らないのは、不思議なくらいである。値段だけでなく、味も寸毫（すんごう）だに変わらず、今も昔も並び無くうまい。そうして店の構えも、包装紙の意匠も、なにもかも、まったく変わらない。変わらないのは、これ以上変えようがないということでもあろうか。きょうはそのなつかしくもおいしいお茶漬け鰻で、さっそくお茶漬けを作って舌鼓を打った。ああ、おいしかった。またこれをくださったTさん、ありがとうございました。

鏡開き――東京・蔵前

蔵前に榮久堂という老舗の和菓子屋さんがある。

去年、この榮久堂さんの出している小冊子に拙稿を寄せたことがご縁となって、今年の正月十日に、鏡開きの吉例というわけで、**栗餅（あわもち）とお汁粉用のアンコ**を頂戴した。かねてから私はアンコには粟餅（粟飯（あわいい））がベストマッチだと思っているので、これはほんとに嬉しかった。さっそく、このアンコでお汁粉を作り、粟餅を焼いてこれに和し、今うちに戻ってきている息子夫婦ともども、一家して大いに舌鼓を打った。アンコといい粟餅といい、日本の甘味のおいしさに、ほっぺたが落ちる思いがした。それにしても、鏡開きという行事、じつはすっかり忘れていたが、こういうご縁で、良い鏡開きをさせていただいたのは望外の喜びであった。

榮久堂

住所｜東京都台東区蔵前4-37-9
☎｜03-3851-6512
アクセス｜地下鉄「蔵前駅」から徒歩約7分

椎茸続々

　こないだ、友人たちが集ってくれて、ごくごく少人数で私の還暦祝いをしてくれた。そのときに、お祝いとして頂戴したのが、この椎茸の栽培セットである。

　半信半疑で水をかけて日影で養っていたところ、二、三日で芽が出始めて、いま五日目だけれど、もうこんなに立派な椎茸どもが育ってきた。

　これを間引いて大きくするのだそうだが、せっかく生えてきたのだから、みんなこのまま育てようかと思ってみたり、なかなか気の利いた楽しいプレゼントである。感謝。

椎茸初収穫

椎茸の菌床に育ちつつあった椎茸が、あっと驚く成長ぶりを示し、ようやく食べられる状態になったので、ここもとお目にかける次第。

実は、この写真を撮ったあと、大きなやつだけを収穫して、さながら直火に炙り立てて喰った。正直いえば、ちょっと頼りないテクスチャーで、さすがに、大分あたりの野性味あふれる椎茸には遠く及ばなかったけれど、まあ、これは育てて食べる楽しみのためにやっているので、味は二の次というところかもしれない。このぐんぐんと大きくなるところが面白いのだ。

エリンギ

椎茸は、その後も続々と大きくなって、さよう、もう五十個くらいは収穫したろうか。いずれにしてもすっかり取って食べてしまったので、現在は、菌床は休養中で、これから第二期育成にとりかかる。というところで、今度はエリンギの菌床のほうから、ご覧のようにエリンギがにょきにょきと生えてきた。こちらは椎茸にくらべると、かなり時間がかかる。そのいちばん大きいのを今朝収穫したので、これから食べようというところ。さてどんな味がするだろうか。

鳥取の海から——鳥取

最近、ネット上を検索していて、とても安全でおいしい魚を食べられそうなサイトに逢着し、さっそく取り寄せた。これは鳥取の河西信明さんという漁師さんが、弁慶丸という漁船を駆って近海で捕った魚を、朝獲れの新鮮なところで即座にトロ箱に詰めて冷蔵便で急送してくれるというものである。河西さんは、しばしばテレビなどでも取り上げられているらしいのだが、私は不覚にもいままで知らずにいた。根っからの漁師というわけでもなくて、大学を卒業して、サラリーマンを経験したあと、一念発起して漁師になったという変わった経歴の主なのだが、それだけに魚の安全に対する信念は半端ではなくて、魚の安全を教えるセミナーなども開催しているらしい。

さて、到着した魚は、ミミイカという小さなイカ、キンキ、ノドグロ、そしてカレイ、という顔ぶれであった。到着した昨日の夕方には、さっそくノドグロを塩焼きにして、またミミイカは、たたきと、オリーブ焼きと、ゲソの煮付けにして食べた。いずれも鮮度抜群でじつにおいしかった。新鮮な魚は匂いが違う。生臭い感じがないのである。そして今日は、写真の大きなカレイをオーブンでローストして食べたが、これまたじっくりと脂が乗っていて、なんともいえず香ばしい焼き上がりであった。おいしい魚は、結局料理は単純な塩焼きとか刺身がもっともおいしいのである。もともと魚が大好きで、およそ何の魚でも嫌いということがない。とりわけて、鯖とかカレイなどは、大好物。イカはまたイカマニアというも可なるほどのイカ好きで、かつて『烏賊の十徳』という烏賊賛美のエッセイを書いたことさえあるほどなのだ（拙著『是はうまい』所収、平凡社）。このカレイは、肉厚で、ほんとうに香ばしい匂いがあって、皮も肉もまたとなく美味であった。夫婦でつついて食べ終わって、あとに残った骨や頭で骨湯を作って啜（すす）ったが、これも結構至極（しごく）であった。カレイのような底物は、ややもすると悪食（あくじき）のせいもあって匂いが悪いことがあるのだが、これはそうではなかった。日本海の清らかな海水で育ったカレイ、いかにもそんな感じがして、おおいに舌鼓を打った。こうして安全な魚が食べられることを、天に感謝しなくてはなるまい。

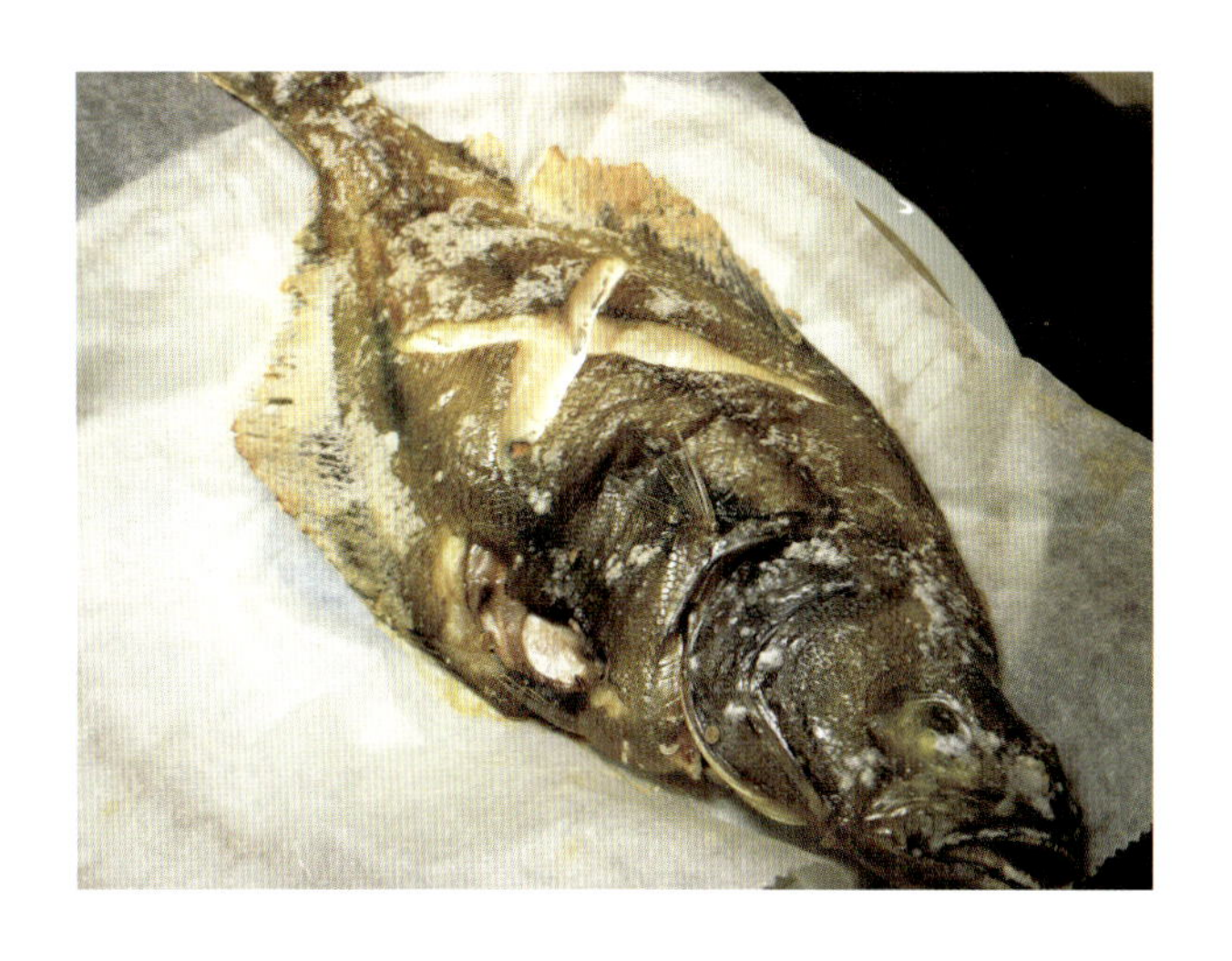

弁慶丸（河西信明）

☎ | 0120-0343-39
https://benkeimaru.com

西園地引網の豊漁――鳥取・北栄町

鳥取の北栄町西園浜の地引き網をテレビの番組で紹介するというので出かけたが、あいにくの時化で出漁はとうとうできなかった。しかるに、帰京後毎日のように大豊漁が続いているという、嬉しい知らせが現地から届いた。そこで、浜の網元松井市三郎さん、弟で鮮魚商の功二郎さんをはじめとする網衆の方々の御好意で、その大豊漁の網から、おすそ分けの鮮魚が、今朝特急の冷蔵便で東京の自宅まで届けられた。開けてみると、まるまると太った素晴らしい大鯵が六本。それから、良い形のスズキが二本、ピカピカと光りながら氷のはざまに詰められていた。さっそく私自身が庖丁を執って、鯵はご覧のように塩焼き用に仕事をし、スズキは半分は刺し身に、半分はムニエル用の切り身に作った。さすがに新鮮この上なく、上乗に脂も乗って結構至極なる美味であった。ほんとはトロ箱に入ってる状態のまま写真を撮ればよかったのだが、荷物到着に狂喜乱舞して、前後をわきまえずすぐに庖丁を執って調理にかかってしまったので、あとになって、写真日記に思いが

到ったというテイタラクであった。すなわち、この写真を撮った時点では、スズキの一部は、早くも刺し身となってわが腹中に収まってしまっていたというわけである。ともあれ、あの人の良い浜の網衆の方々に、ここで改めてお礼を申し上げる次第である。

真夏の鳥鍋

京都・錦市場

この暑いさなか、物好きにも**鳥の水炊き**を作って食べた。

暑中に鳥鍋をつつくのは、京都の夏の風物詩の一つで、あの鴨川の河原に床（ゆか）を出して、多くの店が鳥鍋などを供する。

客は一風呂浴びて、浴衣がけで川風に吹かれながら鳥鍋で暑気払いをするというわけなのだが、今回はその行き方で、わざわざ京都錦市場の鳥清（とりせい）から取り寄せて作った。これがコラーゲンたっぷりのまことに濃厚な鶏出汁と一キロもの上質な鳥肉のセットで、三、四人前というのだが、まあ六人前はゆうにあるほどの肉の量であった。これで四三八〇円というのは非常にお買い得という感じがする。

真夏の鍋もまことに結構である。仕上げには、この出汁の中に中華そばを入れて共汁で食べる。おいしくて、おなかにもたれないのはさすがである。

鳥清

住所｜京都府京都市中京区錦小路通 富小路西入ル東魚屋町186
☎｜075-221-1819

錦糸瓜(きんしうり)または索麺南瓜(そうめんかぼちゃ)

晩夏初秋の美味、**錦糸瓜**を、今年も頂戴して、さっそくいつものように二つに縦割りにしてから、櫛形に切り、皮を去って、それを熱湯に入れてしばし茹で、氷水に取って指でほぐすと、ほんとうにこのように美しい錦糸状になる。

これをよく流水に晒し、固く絞ってから、私は、ほんとうに索麺のつゆにおろし生姜を和し、それにつけて食べる。錦糸瓜も索麺南瓜も、実際よく名付けたものである。まことにしゃきしゃきパリパリとした歯ごたえの素晴らしさ、何もクセのない風味、さわやかな黄色、しかも食物繊維満載でほとんどカロリーはなし、とダイエット的昼食にはうってつけである。もっともこれを三杯酢などに和しておかずにもなり、白身の魚の汁などの相方にもよろしく、ともかくこんなに良いものは珍しいという感じがする。私の大大大大好物の一つ。

にんじんの葉の天ぷら——オイシックス

先日、テレビ東京の「ガイアの夜明け」（これ私の愛視聴番組です！）を見ていたら、オイシックスという農産物などの通販会社の奮闘を特集しているのに遭遇。これがなかなかおいしそうなので、すぐにお試しセットを買ってみた。それが今日届いたのだが、なかなかに**葉つきニンジン**というのが入っていて、これが見事な葉っぱである。ほとんど無農薬だという。天ぷらにするとおいしいということだったので、その葉をよく洗い、軸の固いところを去って、葉っぱの部分だけを、からりと天ぷらにしてみた。この場合、色と歯触りを重視する観点から、衣のほうに軽い塩味を加えて、天つゆにつけずに食べるということにした。ひさしぶりに天ぷらなど作ってみたが、いやあ、これが実にどうも、サクサクほろほろ、なんとも言えぬ美味であるのに驚いた。ついでに、この葉をお浸しにしてもみたが、こちらは、案の定筋ばっていてそれほどおいしいとも思えない。ニンジンの葉は天ぷらに限ると判定。まことに美味で結構でした。

オイシックス

☎ | 0120-366-016

穴子のお寿司──兵庫・たつの

こう暑い毎日だと、ご飯はすっきりさっぱり、寿司飯が咽喉を通りやすい。と思っていたら、渡りに舟、**炭屋の穴子**をくださった方があって、さっそくこれを以て穴子の混ぜ寿司を作ることにした。この場合は、穴子の風味を生かすために、あれこれと具は入れずに、さっぱりした仕立てにしたい。そこで、通常のごとく酢飯を切って（私の酢飯は、米二合に対して、酢は二勺、そこへ砂糖大さじ一杯半、塩小さじ一杯程度、これをよく溶かして、炊き立ての飯にふりかけ、飯台でよく切り混ぜてから、一切煽いだりせず、しずかに寝かせて自然に冷ます。そうすると飯はしまってすっきりした寿司飯になる。これは寿司屋の寿司飯よりもずっと薄味）、具は軽く炙って一口に切った煮穴子、小四本。三つ葉一束、青じそ十枚ほど。三つ葉はザク切り、シソは千切り、そして軽く混ぜて食べる。ただこれだけのことなのだが、じつにうまい。飯三膳は軽く進んでしまう。きょうはそこへ、大根とセロリのマリネサラダ、椎茸と焼き豆腐の澄まし汁、まずは気持ちのさっぱりする夕食であった。

株式会社炭屋

住所｜兵庫県たつの市御津町
室津字柏500
☎｜079-324-0314

菊と索麺（そうめん）——青森・八戸

高く晴れて、まことにからりと気持ちの良い秋晴れになった。各地で運動会などをしている学校では、さぞ良い一日となったことであろう。秋晴れになると、きょうなどは二十八度くらいまで気温が上がって、半袖でちょうどいい感じである。さては、お昼に冷たい索麺を食べようというので、作った。

折も良し、きのう八戸から食用の菊が送られてきたので、この花びらを毟（むし）って索麺と一緒に茹で、**菊索麺**という秋らしい趣向とした。この菊は、**阿房宮**（あぼうきゅう）という八戸特産の名品で、菊花特有の苦味がなく、見て美しく食べておいしいというものである。今年は例年以上に見事な花で、食べるのは惜しいくらいであった。さて、その花びらを茹で、索麺を茹で、氷水で冷やし、ご覧のような形に作って、ツユにおろし生姜をたっぷりと加えて食べた。索麺とは違ったサクサクしたような食感と菊の芳香、そして美しい色、菊索麺はふとした思いつきで作ったのだが、秋の食味として上乗のものと見つけた。うまかった。

新井りんご園の紅玉と日の丸皿

長野・下伊那

林檎の季節がやってきた。今年は夏の猛暑でどうだろうかと案じていたが、例年にも増して素晴らしい**紅玉**が贈られてきて、ほっと安堵の胸をなで下ろしているところである。いまどきは、紅玉もだんだんと作られなくなってきて、まことに遺憾の極みである。なにしろ、私は林檎は紅玉と国光さえあればいいと思っているのである。とくにこの紅玉は、爽やかな酸味が強く、煮ても崩れず、しかも色が天下一品に美しい。通常リンゴは煮ると皮の赤味は褪せてしまうのだが、この紅玉は、完熟ものであることもあって、驚くほど色がしっかりしている。煮てもこれほどに美しい紅が目を打つのである。このリンゴは、信州伊那の**新井りんご園**というところで、新井学さんという篤農家（もとは学校の先生であった由）が丁寧に減農薬栽培し、葉摘みもせず、しかも充分に完熟してからの収穫をしたという逸品中の逸品で、今年のは、紅玉ながら蜜入りであった。もちろんそのまま齧ってみれば、嗚呼、なんというバランスの良さ。甘味と酸味が天来の美味という感じに凝（こご）っている。そ

新井りんご園

住所｜長野県下伊那郡高森町
牛牧2272-1

れを干し葡萄と白ワインを加えて煮たのが、この写真。パイに包めばアップルパイに適し、そのまま器に盛って食べるも良し、牛乳をかけてApple foolという趣向にしても良し、チーズと一緒にパンにのせても良し、これほどの美味はなかなかあるものでない。新井さんにはいまだ面晤を得ないが、昔の教え子のK君が、いつもこれを贈ってくれるのである。ちなみに、この林檎を載せてある皿は、「日の丸皿」といって、戦時中に作られた焼き物である。隠れて見えないけれど、真ん中に赤い日の丸が筆で手描きにしてある。なかなか古拙な味があって良いものである。

晩白柚（ばんぺいゆ）のマーマレード

ある知人が**晩白柚**という果物を贈ってくれた。これが人の頭ほどもある巨大な柑橘類で、しかも、部屋に置いておくだけで芳香があたりに満ちるというほど良い香りのするものである。そうして、果実も甘味と酸味がほどよく調和して結構にいただけるのだが、同時にまた、この分厚い皮を適宜処理して甘く砂糖煮にすると好箇のお茶菓子になる。ただ、その砂糖煮を作るのは猛烈に手間ひまのかかる面倒な仕事なのだ。

私は、しかし、せっかくの珍しいものを無駄にはしたくないし、この砂糖煮のおいしさはまた一段のものなので、面倒を厭わず作ってみた。ただし、砂糖煮のお菓子にするのではなく、ちょっとアレンジして、白ワインとレモン果汁を加えることで、香り高いマーマレード風にしてみた。作り始めてからできあがりまで一時間半以上かかったが、大きなガラス瓶に二つほどできた。パンに載せて食べてみると、その甘露なるおいしさはまことに格別であった。

スコンと音楽——**岩手**

今日は珍しい客人を迎えて、久しぶりに**スコン**を焼いた。このスコンは、私がいつもお世話になっているロルフィングの名手中村直美さんが、岩手のご実家の畠で、自分で育てたという**南部小麦**を粉に碾いたものをおすそ分けに与り、それを用いて焼いたものであったが、この粉にはよく合っているらしく、すばらしくおいしく焼けた。さて、その珍しい客人というのは、作曲家のなかにしあかねさんと、ご夫君で高名なテノール歌手の辻裕久君である。実は、このたび、なかにしさんが新しく出す合唱曲のために詩を書いてほしいということで、『げんげ田の道を』という素朴なソネット形式の詩を贈った。それに作曲ができたので、きょうはその実際に音出しをしながらの、最終調整を行ったのであった。この際、辻君も応援に来てくれて、三人であぁでもないこうでもないと、まことに楽しい創作作業をやったところである。この合唱曲は、「Harmony for Japan」プロジェクトというところから刊行される予定である。私の詩は、実は萩原朔太郎へのオマージュのような

つもりで書いたもので、ちょっとその「本歌取り」になっているのである。気がつく人がいるかなあ。なお、この詩は、息子の大地が英語詩に訳してくれたので、面白いことに、合唱曲として、日本語でも英語でも、両方で歌えるように作曲されている。きょうはその英語詩の譜割などの調整に、長い時間を費やしたが、面白いアイディアが実現して、それはちょっと楽しみに思っているところである。

レンコン三昧 ― **徳島**

なにを隠そう、私は人も知る大の**レンコン**好きであって、この地味なる野菜を愛好することひとかたでない。ただ野菜として好きだというだけでなくて、医食同源の立場からして、これは欠く事のできない食養生の薬なのだ。レンコンというものは、まず、ビタミンCを大量に含有し、しかも、それがレンコン独特のでんぷん質に保護されているために、加熱してもあまり壊れないという特徴があるのだそうだ。また、食物繊維に富み、カロリーは低く、さらにはポリフェノールも豊かに含んでいるんだそうで、およそ体には非常に良いもの。とくにまた漢方のほうでは、レンコンは気管支とか咽喉、声帯など上気道の薬として著効のあることが知られ、これを乾燥して粉末にしたものは、香蓮（こうれん）といって、声帯の妙薬である。いまこの季節は、喘息傾向のある私には、レンコンと梨が欠かせない食物である。で、どこかに安全で良いレンコンはないかと探した結果、逢着したのが、徳島の篤農家**久保ファーム**の作っているレンコンであった。さっそく取り寄せてみると、ご覧

久保ファーム

住所｜徳島県徳島市川内町松岡60
☎｜088-665-1255

のように立派なレンコンで、これが東京のスーパーで買うのよりも安い。味は比べ物にならぬくらい、こちらが上等である。ただし、今年は台風の影響で肝心のときに葉が傷んでしまい、作柄は例年に比べるとうんと落ちるのだと、久保さんは残念がる。例年だったら、とてもこの程度ではないのだそうだから、これは来年が楽しみというものである。これを私は頻繁に取り寄せて、ほとんど毎日レンコンを食べる。そうすると、たしかに気管支が楽なのは不思議なくらい。そしておいしい食べ方をいろいろ研究中である。実際の料理した写真などは、また次回に。

久保ファームのレンコン──徳島

残暑は依然として収まる気配がないが、きょう、やっと今年の新レンコンの第一回が入荷した。例によって、まいど贔屓にしている**久保ファームのレンコン**である。去年は、一番肝心のときに台風にやられたとかで、作柄がイマイチだったとのことだが、今年は、台風も来ず、良い作柄と見える。かねて、お盆すぎには、新物の収穫に入るので、そしたら送ってほしいと頼んでおいたのが、稍遅れて、きょうが今年の第一回となった。クール便で送られてきた段ボールの箱を開けると、中には、青々として瑞々しい蓮の葉に包まれた美しいレンコンがみっちりと入っていた。この蓮の葉の色の美しいこと、つい嬉しくなって葉もレンコンももろともに写真に撮った。そして今晩、一本をオリーブ油でソテーして食べたが、充実して素敵なレンコンであった。これからは梨とレンコンの季節で、いずれも気管支の妙薬ゆえ、嬉しい季節になった。

レンコンのキンピラ

まずは定番の**レンコンのきんぴら**から。今回配送されてきたレンコンには、おまけとしてちょっと小さな「子レンコン」が添えられてあった。こういう小さいレンコンは、小口切りにして、美しい切り口を見せながら、はりはりとした触感も楽しいきんぴらにするにかぎる。この写真を見るとまるで皮を剥いてあるように見えるが、じつは皮は剥かない。しっかりしたタワシでゴシゴシこすって流水で洗うと、皮の一番外側の黒い色が落ちて、瑞々しい肌になる。で、このまま料理するのである。そのほうが、栄養も失われず、歯ごたえも良く、風味も一段勝るように思える。そうして、薄切りにしたのを、十分くらい酢水につけてアクを抜き、すぐにきんぴらに作る。作り方は、ここに改めて書くまでもない。が、こういう良いレンコンを得たときは、味を濃くし過ぎぬことが肝要で、今回は、減塩醤油であっさりとした味付けに作った。

レンコンの天ぷら

次に、**レンコンの天ぷら**を作った。天ぷらは、あまり食べないようにしているのであるが、レンコンは、とりわけ天ぷらにするとうまいので、これぱかりは作らずにはいられない。といっても、私の天ぷらは衣に味を付ける行き方で、この衣は、小麦粉と冷水と、わずかの塩と胡椒で作る。卵は入れない。そしてレンコンは、しばらく酢水につけてアクを抜き、よく水気を拭きとってから衣に潜らせて浅い油で揚げる。そして天つゆは用いず、そのままサクサクと歯ごたえを楽しみつつ食べるのだ。聞くならく、嵐山光三郎さんは、末期（まつご）の食事に何を望むかと問われたら、レンコンの天ぷらと答える由、ああ、なるほどそれはわかるなあという気がする。こうして一センチほどの輪切りにして天ぷらにしたレンコンは、熱くてうまし、冷えてうまし、生ぬるくてもうまし、とじつにどうも天下の美味なのだ。この天ぷらの背後に茶色いものが写っているのは、酒粕の天ぷらである。これが、またじつに結構なもので、とくに酒飲みの人はぜひお試しあれ。

夕顔はおいしい——新潟・糸魚川

　このところ、いろいろな方から、素敵な野菜をたくさん頂戴する。まことにありがたいことである。この巨大なるものは、かの**夕顔の実**である。すなわち、干瓢の材料になる野菜だが、干瓢はいくらも食べたことがあるけれど、生の夕顔は、ふつう東京の八百屋さんには売ってないので、いまだに料理したことも食べたこともなかった。それが、こたび、糸魚川のほうから送っていただいた。さてこれをどうして食べるかと、考えた末に、ほんの三分の一ほどを切り取って、皮を剝いたあと、ピーラーで薄く削ってから、電子レンジで十分ほど加熱して脱水し、それを油揚げと一緒に炒め煮にした。いやあああ、じつにおいしい。干した干瓢を戻して煮たのよりずっとこの生のほうが風味が良い。少しぬめっとして、こりこりと歯ごたえがあって、まことに結構なものであった。東京のスーパーでも売ればいいのになあ。

　夕顔を煮て飯炊いて佳き日なり　　　宇虚人

筍のマリネ——神奈川　平塚

平塚にお住まいの友人Mさんから、ご自宅の庭で採れた**筍**を送っていただいた。毎年頂戴するのだが、今年のはまた例年にまして、アクがなく、柔らかでとびきりの美味であった。もちろん、さっそくに糠を入れて一時間ほど湯がき、そのまま冷まして、下ごしらえは完了。まずは若竹煮を作り、さらに筍ご飯を炊いた。

とまあ、ここまでは当たり前の筍料理だが、さて、なにか珍しい、またおいしい趣向はないだろうかと知恵を絞ることしばし、これをちょっと**マリネ**にしてみてはどうだろうかという妻の示唆もあって、さっそく作ってみた。

まず湯がいた筍を櫛形に薄く切り、これに小麦粉を打って、サラダ油でカラリと揚げる。その前に、酒、味醂、砂糖、減塩醤油、酢、鷹の爪でマリネ汁を作り、同時に玉ねぎをスライスして、さっと熱湯を潜らせて臭みと辛味をとっておく。この玉ねぎスライスをバットに置いて、上から熱したマリネ汁をかけ、カラカラと揚がった筍をば、ジュワジュ

ワッっとこのマリネ汁に落とす。
そうしてすっかりマリネし終わったら玉ねぎスライスを上に被せて、ラップをして冷蔵庫に半日くらい置くと良い。冷えるにしたがって味はよく染み込み、どこかワカサギのマリネ風の姿になってくるが、味は歴然として筍。しかも柔らかくてサクサクして、じつにおいしい発明料理となった。マリネ汁を濃すぎないようにすることがうまく作るコツである。
ぜひお試しあれ。

親芋子芋孫芋―新潟・糸魚川

いまは、ちょうど里芋の新しいのが採れる盛りで、今年も糸魚川の息子の嫁のご実家から、りっぱな**里芋**などをどっさりと送っていただいた。

東京では、里芋といえば、コロコロと切り離して袋詰めにされて店頭に出ているので、こういう姿の「一家」を見ることはほぼない。中央にドンと親芋がひかえ、その周囲にりっぱに太った子芋がいくつも付き、さらにその子芋からまた孫芋までひっついている、一家眷族（けんぞく）まことにめでたい姿である。私の母などはこの親芋が好きで、よく煮て食べていたが、私はどちらかという子芋のねっとりと軟質なほうが好ましい。祖母は彦根の人で、里芋を煮るときはいつも茹でこぼしてこのぬめりを取ってから煮たそうだが、祖父は東京人で、いつも、「そのぬめりがオイシイんじゃないか」と文句を言ったそうである。私も祖父に賛成である。さっそく、ぬめりなど取ることなく、ねっとりと煮て食べた。まことに香り良く、柔らかで、結構な冬の旬菜である。

ポンセン――広島

今、昭和もはるかに遠くなって、もはや「昭和時代」という感じが色濃くなった。そういうなかで、『三丁目の夕日』のような映画が当たったりするのもむべなるかなというところだが、昭和も二十四年生まれの私などは、この頃しきりとあの時代がなつかしくてならぬ。『東京坊ちゃん』（小学館）という小説は、その昭和の少年の日々を描いたもので、ほぼ自伝的な作品なのだが、昭和の二十年代、三十年代には、まだまだ戦争の爪痕がいくらも残っていた。私たちは、たとえば臨海学校などに行くときは、必ず、一泊につきお米を一合ずつ持参するという決まりであったり、またおやつのお菓子なども、今みたいな素敵な菓子などは薬にしたくもありはしなかった。それで、午後になると、どこからともなく「**ポンセンベイ**」というものを売りに来る行商のオジサンがやってきた。すると、子供たちは、またこれも、お米を小さな袋などに入れて、そのオジサンのところへ行き、その自分の差し出した原材料の米を以て、ポンセンベイを作ってもらうのであった。なんだか薪でボウボウと熱している窯の上に皿のようなものがあって、しばし加熱の後に、レバーをぐいと押し下げると、ポンと音がして、つまりライスクリスピーができる。それが丸い型の中で爆(は)ぜるもので、米どうしがつながって煎餅になるのであった。さて、このことを、私はずいぶん昔『音の晩餐』というエッセイに書いておいたところ、これを読まれた広島の槙野さんという方が、わざわざそのなつかしいポンセンを自作して送ってくださった。なんでも、そのポンセンの機械を買って、いろいろと試行錯誤の末に復元製作に成功したというのであった。食べてみると、いやあ、なつかしい。お米の焼けた香りが、まさに昭和二十年代、三十年代のわが少年時代そのものであった。そこで、これを写真に撮ってここに載せることにした。黒く見えるのは黒豆の爆ぜたものであるが、槙野さんの記憶では、往時必ずこの黒豆が入っていたのだとのこと。私の記憶では白米だけであったから、これは地方により時代により、いくらか変異があるのでもあろうか。それにしてもなつかしい味をありがたいことであった。

旅コラム⑨

晩秋の北九州

北九州の苅田町へ講演に行ってきた。今回は、『風姿花伝に読む人生の智慧』という主題で、一時間半ほど話してきた。講演そのものは午前中に終わってしまうので、午後は、北九州から筑豊あたりの野を逍遥しながら、晩秋の風情を楽しんできた。この写真はこのたび遭遇した野の景色である。むろん名所旧跡でも何でもない。いわば、どこにでもあるような無名の風景だが、この山かげにひっそりと肩を寄せているような瓦屋根の集積に無限のなつかしさが宿る。美しい景色だなあ、と思う。こういう静かな野の景色を、私はこよなく愛するのである。そして、かかる人知れぬ美景は、日本中津々浦々、それこそ到るところに、かそけくも息づいてるのである。どうだろう、旅に出てみたいと思わないか。

旅コラム⑩

秋の越後路

新潟県立図書館の創立百周年記念イベントの一環として、同館での講演（源氏物語について話をした）をしてきた。ついては、関越道・北陸道をまっしぐらに通って新潟入りし、翌日は講演、そうしてもう一泊して、昨日越後路と上州路の秋を満喫しながら、ぶらりぶらりと逍遥しつつ戻ってきた。車の運転がなにより好きな私にとっては、こういうふうに仕事を終えたあと、ひとり気ままにドライブして歩くのが、なによりの気晴らしなのである。

越後は、もうすっかり田も刈られて、冬じまいの佇まいであったが、あいにくと天気が悪くて空気がどこも霞んでいたのは、ちょっと残念に思った。ところが、越後と上州の国境の長いトンネルを抜けると、そこは別世界で、からりと晴れた秋景色であった。あちらのインター、こちらのインターと、しきりに高速から降りて、秋の田園を逍遥してきたが、なかでもこの写真は、月夜野インターで降りてから、当てずっぽうで走り回っているうちに、ふと遭遇した景色である。

良い景色というのは、「どこ」という特別なところでない、ふつうの道のほとりに見いだされることが多い。だから私は、観光地には行かないし、いわゆる「展望台」なんて場所にはまったく興味もない。

近くの山道には、「熊出没ご注意ください」という張り紙がそこら中に貼ってあって、うっかりしていると熊公に出くわさぬものでもない、と充分注意しながら、秋らしい空気の横溢するところで写真を撮った。

こういう山村の風景に出会うとき、ああ、日本の秋は良いなあ、とつくづく感じるのである。

林　望（はやし・のぞむ）

1949年生。作家・国文学者。慶応義塾大学大学院博士課程満期退学。『イギリスはおいしい』で日本エッセイストクラブ賞、『ケンブリッジ大学所蔵和漢古書総合目録』で国際交流奨励賞等受賞。『私の好きな日本』『どこへも行かない旅』等の旅の本のほか、古典論、エッセイ、小説、詩、能楽、料理等、著書多数。『謹訳源氏物語』（全十巻）で毎日出版文化賞特別賞受賞。最新刊『謹訳平家物語』全四巻、『(改訂新修)謹訳源氏物語』。

わたしの旅ブックス

003

旅ゆけば味わい深し

2018年6月26日　第1刷発行

著者――――林　望

写真――――林　望
ブックデザイン――マツダオフィス
DTP――――ISSHIKI
編集――――佐々木勇志（産業編集センター）

発行所――――株式会社産業編集センター
〒112-0011
東京都文京区千石4-39-11
TEL 03-5395-6133　FAX 03-5395-5320
http://www.shc.co.jp/book

印刷・製本――――株式会社シナノパブリッシングプレス

ISBN978-4-86311-193-6